民间书信里的中华美德 · 永不消逝的爱 · 张乐天主编

粉红色的爱

PINK LOVE：ROMANTIC 浪漫

张乐天◎编

紧紧地接着信就像接着你一样……这次的离别真让人不好受，我心里就有说不出的难过，心里很不平静。当时我真有点舍不得让你离开我，你走后我竟难过得哭了……给宝宝吃奶时，吃完了不想把她放下，紧紧接着她就像接住了你。

天津出版传媒集团

天津人民出版社

图书在版编目（ＣＩＰ）数据

粉红色的爱：浪漫 / 张乐天编. –– 天津：天津人民出版社，2017.3

（民间书信里的中华美德 / 张乐天主编. 永不消逝的爱）

ISBN 978-7-201-11566-5

Ⅰ.①粉… Ⅱ.①张… Ⅲ.①书信集—中国—当代 Ⅳ.①I267.5

中国版本图书馆 CIP 数据核字（2017）第 068647 号

粉红色的爱：浪漫
FENHONGSE DE AI LANGMAN

出　　版	天津人民出版社
出 版 人	黄　沛
地　　址	天津市和平区西康路35号康岳大厦
邮政编码	300051
邮购电话	（022）23332469
网　　址	http://www.tjrmcbs.com
电子信箱	tjrmcbs@126.com
策划编辑	王　康
责任编辑	郑　玥
特约编辑	王　玡
装帧设计	明轩文化
印　　刷	天津新华二印刷有限公司
经　　销	新华书店
开　　本	880×1230毫米　1/32
印　　张	7.5
插　　页	2
字　　数	70千字
版次印次	2017年3月第1版　2017年3月第1次印刷
定　　价	34.00元

出版说明

    "民间书信里的中华美德"是复旦大学当代中国社会生活资料中心与我社合作出版的一套丛书,"永不消逝的爱"系列作为此套丛书的开篇之作,所有参编的复旦学人和出版社同仁对此都倾注了极大的热情。

    "永不消逝的爱"系列包含五本,分别为《蓝色的爱:真诚》《粉红色的爱:浪漫》《橙色的爱:细节》《灰色的爱:争吵》《玫瑰色的爱:激情》。这五本书分别由六组民间书信构成(其中《橙色的爱:细节》收录了两组书信),书信往来的主人公均为夫妻,在通信条件极为受限的情况下,他们通过书信沟通生活近况、倾诉爱慕之情、排解相思之苦。

    这些书信内容是复旦大学当代中国社会生活资料中心张乐天教授收集、整理的,并由该中心工作人员制成电子文本提供给我社。我们在编辑的过程中,根据书稿内容进行了下列处理,先告知广大读者,以便更好地阅读此书。

1.书中的"*"表示在该篇书信的最后会配有对应的图片。

2.考虑到有些书信语言具有地方特色或时代背景,编辑就此添加了注释,以便于读者理解或延伸阅读。

3.由于很多书信时间不详,我们根据书信内容进行了推理,并按照时间顺序进行排列。当个别信件时间不详也难以推测时,我们用××表示信件的日期。

在此,感谢复旦大学当代中国社会生活资料中心的老师们提供书稿、张乐天教授的全程配合、华东师范大学杨奎松教授的关心与指点。这是在大家的全力配合下,"民间书信里的中华美德·永不消逝的爱"系列才得以最终呈现给广大读者。我们希望通过这种形式,让对那些年代仍有记忆的人们借此抚今追昔,让年轻一代了解长辈们的生活经历,同时也唤起人们对当下美好生活的向往与珍惜。

"爱"是人类永恒的主题,也是本丛书所要体现的主旨,在平凡人的书信中,"爱"同样被展现得淋漓尽致。"民间书信里的中华美德"其他系列也将陆续面世,敬请广大读者继续关注与支持。当然,我们的工作难免有疏漏之处,欢迎读者批评指正,也请不吝赐教。

序

茫茫苍穹，漫漫岁月，在亿万可能与不可能的奇妙交织中，地球上神秘地孕育了最美丽、智慧的生灵人类。人类是宇宙中最幸运的存在。相辅相成，人类却一开始就似乎与苦难同在。战争、杀戮、灾害几乎成为创世记故事的主调，疾病、饥饿、痛苦、烦恼、焦虑一直是生活的常态，法国当代著名社会学家皮埃尔·布尔迪厄看清了人类的生存状态，写下人生最后一部著作——《苦难的世界》。

也许，人类真的犯有原罪，以至于不得不一代代历经磨难去赎那永远赎不清的罪！但亚当夏娃的故事更隐含着人类得以世代繁衍、生生不息的真谛，那就是内生于两性之间、存在于人与人之间的爱。

爱是无奈的，永远不可能摆脱经济、政治、社会、文化的纠缠；爱的表达总是打着时代的烙印。在中国，爱曾经被政治所侵蚀，更被阶级斗争搞得面目全非；后来，汹涌澎湃的消费主义大潮更在人们不经意间吞噬着人们心中最宝贵的情感。因此，今天我们需要做些工作，唤醒人们更多心中的爱。这就是本套小书的使命。

　　我们提供六套20世纪50至80年代普通中国人的爱情信。这些信受到时代的影响，但凌厉的政治运动、触及灵魂的思想改造都不可能遏制爱的流淌。这些信有着鲜明的个体特征，每个个体都以自己的方式呈现爱的内容。六套书信展现不同视角的爱，色彩斑斓，内涵丰富，给人启迪，发人深省。

　　这些信会把年长者带回到那些激情燃烧的、充满恐惧的或者无可奈何的场景。或许，这些信会令年长者回想起月光下的相思、油灯下的书写、左右为难的纠结、等信的焦虑、读信的泪花；逝者如斯，青春期的爱将重新滋润年长者的心田，令他们流连、陶醉。

　　这些信会把年轻人带进那个深奥复杂、神秘莫测的祖辈、父辈们的心灵世界，让年轻人有机会在书信空间中与先辈们进行面对面的交流。或许，年轻人会被先辈们的革命热情与奉献精神所感动，被先辈们各具特色的爱的表达所吸引。岁月茫茫，一旦汲取书信中爱的养料，年轻人前行的脚步将更加稳健。

　　朋友，打开那些书信吧。慢慢地阅读，细细地品味。有所思，有所悟，必有所得。让书信中隐藏着的爱意流进你的心、我的心、他的心、众人的心，世世代代，永不消逝！

　　本册书信收录了20世纪五六十年代两个北京年轻人结婚

以后的通信,男青年梁骏伟是部队文艺干部,女青年依敏是教师。打开这组书信,立刻会被其激越喷发而又缠绵缭绕的爱情所吸引。谁说中国人婚后无爱情?这组信给出一了个反例,证明了中国人的爱情生活具有多样性。

　　浪漫是可贵的,情侣间的激情会给人带来如梦如幻如痴如醉的巅峰体验。但是在婚姻实践中,激情却总是被柴米油盐绑架,被"每天一张熟面孔"冷却,被"养老扶幼"吞噬。随着时间的流逝、孩子的生长,许多"好夫妻"也只是相知相伴过日子。本组书信提供了如何在平淡的家庭生活中精心呵护激情之火种的启迪。我们可以在信中看到夫妻双方都精心关注自己的身体与形象,目标永远是愉悦对方;看到双方都关心对方的身体、生活与工作情况,把对方看成"世界上最重要的";看到充满诗情画意的文字、带着爱意的信物——这些"小玩艺"可能在激发情感中发挥大作用。我们相信,书信中还包含着更多的内涵,有待于大家去挖掘;我们期待着,这组书信本身会激发每一个阅读她们的人心中的粉红色的爱:浪漫!

张乐天

2016年10月10日

目 录

1955年5月17日

依敏：

你好！请转告小妹，她的信及相片全收到了。谢谢她。因为时间关系就不给她写回信了，请她原谅。

14号是在朝鲜最后的一场慰问演出，这个晚会与往常不同。晚会从6时半开始。整理完毕，天边已发白了。我们休息了一会儿，大队就朝着祖国的方向出发了。

15号下午3点我们的汽车跨上世界闻名的鸭绿江。在雄伟的桥上，站着边防哨兵，他们那威武的雄姿，齐整的军容，一望便知是训练有素、纪律严明的军队。再往前走，经过凯旋门，来到了祖国的钢铁大门、英雄的城市——安东①。两只眼真觉得不够用了。城

①　安东，即丹东的旧称。

市的繁荣，街道的卫生，这一切的一切，我兴奋极了。仅隔一江，明显地表明祖国的强大。这次不是又犯了大国主义，我是说，在这三个月时间里，我们的祖国变化多大呀！这能不叫人高兴吗？

　　由于日程的安排，这几天更紧张。除此以外，还要作总结，个人的总结。很想将我的一些感受写给你，但没有那些时间，想说的也很多，也就不能再多说了。我想你会谅解的，原谅这封简陋的信吧！

　　我们明天（18号）晚上动身，19号的夜10:20到京。时间太晚了，你就别来接我了。用不着客气，也可能你还没收到信，我们就回去了。那才有意思呢！

　　再见吧，我敬爱的人。

　　北京见面后再详谈吧！握手。

骏伟

5月17日晚

1955年6月9日

俊敏:

　　你好！时间真快，十多天过去了，不知你怎么样？在这十多天的劳动中，我的体会是很多的。能有机会参加修建世界闻名、这样巨大工程的水库感到荣幸，这不仅仅是个劳动锻炼问题，最主要的是政治上的两个阵营的斗争问题。自从党提出："红色水库①一定要在六月十五号完成"的口号以后，在工地上可以明显地看出两种不同的态度。我们社会主义的兄弟国家，他们的使者、记者希望我们也相信我们能顺利完成，同时也为我们捏着一把汗。他们在工地上与我们共同劳动着、长碌着；而在另一方面，我们则可看到的是资本主义国家的使者、记者，他们不相信我们的

————————

　　①　据推测，此红色水库为丰满水电站。

004

力量，他们等着15号的到来，叫洪水冲垮我们的水坝，好在他们的报纸上诽谤我们的党，看我们的笑话。所以党提出，一定要完成，这是一项政治任务，让帝国主义发抖，让耳光打在他们自己的脸上。

工地上热闹极了，大坝上有堆土机、卷扬机、起重机，还有叫不上名字的各种机器。火车、推车、汽车、各种工具，10万劳动大军，白天一片人，夜晚一片灯，夜景比白天还美，真是数不清的人，数不清的灯。只有这样比喻：天上多少星，地上多少灯，人们的干劲冲天，长干不停，和时间争先，和洪水争先。人们提出，一点当两点，一天当两天，就是用这种干劲来完成党的任务，我的具体工作，目前是搬道岔、推车，以后就不知道干什么了。

我们现在是夜班，23点至转天7点，8个小时，是很紧张的，当然也累，但一到工地，激动人心的工程就会将疲劳赶走，这里是共产主义思想教育的大学

堂。谁到这里谁都会被激励,这里会扫掉六气①,在这里只看到集体,个人那是渺小极了。

27号来到这里就参加了战斗,不几天就轮到夜班。我们住的是二百多人的一个大宿舍,白天休息不好,总觉得困,所以一有时间总想躺躺,一直也没有给你写信。我相信,你会谅解这一点的。

本来6月15号左右可以回北京的,但现在又有新的任务,要在湖的周围修条环湖公路,绿化水库,这一切工作要在月底前完工,作为向党的生日献礼,所以返京的日期延迟了,究竟何时回去,现在我也不知。

本来还有许多心里话要说,由于时间,我得猜睡一下,不然晚上就要困了。以后咱们再好好地说说。

北京见面吧! 敬爱的人。

祝你愉快!

骏伟

6月9日

---

① 六气,是指情气、躁气、暮气、官气、霸气、浊气。

1955 年

1959 年

12 月 17 日
12 月 23 日
12 月 31 日

1960 年

1961 年

1962 年

1963 年

1964 年

1965 年

1966 年

1959年12月17日

我亲爱的骏伟:

你好!光阴过得真快,宝宝出世已有38天了。今天我又拿起了沉睡的笔,一写字都有些不会写了。你说得很对,这次的离别与上次不同。虽仅离别数日,却让我时刻惦念。古语云:一日不见如隔三秋,现在我就有这样的体会。

前几天盼望你的来信,看了信后知道江南的天气很好,你可饱赏江南的风光了。可是还有别的同志感冒了,你也不可疏忽大意。尤其是你吃了打虫子的药更应该注意自己的身体,去检查一下才是。你们的工作是很忙的,在装台时抬东西千万要小心自己的腰,和同志们团结互助,不要因为一点小事就吵架,伤自己的气。毛主席曾说,要戒骄戒躁,愉快地完成你的历史任务吧。骏伟，我和宝宝回家后，我的身体逐渐好了，只是脚后跟还有些疼。硕大夫说是受凉了，让他针灸了几次现在不针灸了，过些日子就会好的。宝宝刚回家时鼻子有些不通气，爸爸说是头顶受凉盖一块布吧，一盖上布果然好了，一直到现在身体很健康，而且比前十多天长了，脸胖了，腿也胖了，看起来比以前机灵些。人一逗她，乌黑的两只大眼睛就朝谁看，并且还对人笑，老爷老娘①一逗就好像要说话似的，脸上的表情眼一翻，小嘴一动，脖子乱动，真是有趣。无事不哭，要吃奶和湿了才哭，老爷老娘都夸说是听话的孩子。小姨说这孩子长大也一定听话，小姨放学后，先看看小外甥女再做功课，有时抱了她，老爷下班后有时也抱抱她。宝宝的尿布再不用在晚上烤了，老爷给钉好了架子，尿布老有干的用。老娘的病也逐渐好转了，还给宝宝洗尿布呢。小姨给宝

---

① 指宝宝的外祖父和外祖母。

宝买了五尺红花布，妈给裁的现在已做好了小棉袄穿上了，做了一条夹裤没有穿，又给宝宝做了两条小棉被。因为毛巾被太脏了和小棉袄都拆洗了，小姨和大姨都很爱她还给她洗尿布呢。

爸爸的脖子比以前好多了。每天晚上吃药上药膏，妈的病有了好转。这一场暴风雨也应该结束了。还需要好好休养，等你回北京的时候一定会比现在更好。妈妈好了，是宝宝的福气，也给大家带来了幸福。

大妹上星期回家了，知道你已到了南方。小妹本打算给你写信，她现在功课很忙，说以后有时间再给你写信。爸爸工作也很忙，因到年终了，每天回来很晚了。爸爸说他不给你写信了，让代问你好，妈妈，小妹也问你好。

骏伟，再谈吧！

你的妻子依敏

12月17日

1959年12月23日

我亲爱的丈夫，我真想你：

　　23号上午接到你的来信，看信后才知道你没有接着信。当时我急得都哭了，怎么又没接着信呢？让你着急，我心里实在有些不好受。真奇怪，怎么又发生这样的事呢。上次去信，我写完这封信后，地址，我对了又对恐怕有一点错。我保证这次绝对没写错地址，可能是在管信处发生了问题，也说不定。你可打听一下，信的下落。

　　亲爱的骏伟，接到信后我看了又看，"紧紧地搂着信就像搂着你一样"。的确，这次的离别真让人不好受，记得在4号那天，我心里就有说不出的难过，心里很不平静，坐着汽车回家后，你要到城里去。当时我真有点舍不得让你离开我，你走后我竟难过得哭了。

怕家里人看见我哭,我就在小妹的床上睡了,其实哪儿睡着了。那天的时间过得可真快呀,晚上你该回小西天①了,我是多么不想让你走呀。当时想如果不是妈病,你可在家再住一夜第二天早晨再去;如果不是在月子里我还可以去送你;如果没有人在,我将紧紧地搂着你不放你走。心真有些乱了。离别,使人心酸。晚上躺在床上一直不能入睡,眼泪留在枕头上。不知为什么总想哭呢?感情使我流泪,控制不住自己。一直不能平静下来,我在想你回小西天后,心也不会平静的。我虽在床上躺着,心早到了小西天的那间屋子里。我想你一定在收拾东西,把咱们的相片拿下来,把它放好,也许困得睡觉了,旁边没有妻子和孩子,你一定不会很快就入睡。想着想着宝宝醒了,给她吃奶吧,这一夜怎么过呀,第二天上午接到你来的电话,知道你已到车站,我也不能去送你。别人的亲人

---

① 小西天,位于北京市海淀区,积水潭与铁狮子坟之间。后文出现指小两口自己的住所。

一定去送他们了。我想，我要是去送你走，心里会更不好受，说不定会哭出来。因为我们结婚后第一次离开呀，我的心又飞到了北京车站。几点开车的呢，他们走了没有？你走后，天天盼望你的来信，一天天像缺少了什么似的。拿张好看的相片吧。给宝宝吃奶时，吃完了不想把她放下，紧紧搂着她就像搂住了你。

宝宝比上一次去信时又胖了。脸儿鼓鼓的有一点双下巴，眼睛鼻子嘴都会笑。还是那么有趣，一逗她眼睛看着人好像要说话。小妹说等你爸爸回来，你就长大了。小妹有一点儿感冒就不敢接近小外甥女，她回家说，我得远远看看我小外甥女。

上次来信说让我注意宝宝的卫生，我一定听话，好好看护我们的小宝宝，爱护她胜过爱护自己的眼睛。亲爱的，你放心吧。

咱们宝宝购货证①上的一些东西都买了，我让大

---

① 购货证，亦称"购货券"，20世纪五六十年代各地方政府商业部门计划经济委员会以及地方农村供销社都可发行"以工代赈"的工业日用品附加证券。

妹去买的红白糖都买了。尤其使大妹高兴的是买到了芝麻酱,她说我小外甥女请我吃芝麻酱,并且还说写信找大哥,要不给你寄去一点吧。可又怎么寄呢?大妹回家的表现很好,早晨为我上西单买肉。大妹还说我要好好打扮打扮小外甥女。她们快考试了,学习很紧张,让我问你好,以后有时间给你写信。

亲爱的小宝:你在外面看到自己需要的东西可以买一些,例如雨鞋凉鞋,反正一样,在外面买了回北京就不用买,夏天也得穿,外地的东西回北京穿将别有风味。到时咱穿着抱上宝宝一块儿玩儿去。

亲爱的,你们又要到别地儿去慰问了,尤其是东北天气冷。走时带的衣服又不多,如果公家不再给衣服,你给我来信,我给你再寄点衣服去或者在外面买些穿上,千万别冻着。你知道你妻子时刻关心你的身体胜过我自己,别让我担心。千万注意,吃了打虫子药后身体怎样,如果胖了,在可能的情况下,给我照一张相片寄来。我亲爱的小宝,吻你。

另外，下一次来信时，写的不用多了。给淑芬在另外一张纸上写几句，说她在家里工作很好，很受累还给宝宝做棉袄，谢谢她，鼓励鼓励她。

　　亲爱的，远隔千里，我真是朝夕思念，想念的话写不完，在外望你多保重身体。

　　不等爸爸小妹晚上给你写信了，我上午接到信后下午立刻就写信，当天发出回信。

　　我可爱的骏伟，再谈吧！

　　祝快乐！

你的妻子　依敏

12月23日

4点10分发出

1959年12月31日

大哥:

　　您好啊! 祝您新年快乐!

　　时间如流水,

　　转眼又一年。

　　本想拜年去,

　　可是路程远。

　　姐妹商量定,

　　送张贺年片,

　　祝您新年好,

　　身体永健康。

您的两个妹妹

依珠、依颖

12月31日

1955 年

1959 年

1960 年

1月1日
1月10日
1月11日
1月20日
1月21日
1月22日
2月4日
2月11日
2月14日
2月29日
3月2日
3月5日

1961 年

1962 年

1963 年

1964 年

1965 年

1966 年

1960年1月1日

亲爱的妻子:

非常地想你!

新年快乐,祝你和小宝贝身体安康,祝你在六○年工作顺利。

我们在闽东北地区的慰问工作已结束。昨日,也就是五九年的最后一天,回到了福州,刚一进房间,就看见桌上有我一封信。从字迹上早已熟识,是亲爱的妻子写给我的(这是第二封信,第一封信在连江收到的)。收到信,我格外高兴。周围的人很多,哪好意思立即拆开。我的心跳得那么激动,别人的谈笑全没有听见,甚至妒忌这些人群为何不散,好容易徐徐走开,真是天不随人愿,哨音响了。集合洗澡去,无奈何。只有先委屈一下啦!

信！它给我带来了幸福，甜蜜的爱情，它总在吸引着我，手不时地向口袋内摸着。

　　天哪！总算回来了。下车后，长跑回自己的房间，躺在床上，一字一句地，仔细地展读着，我当时的滋味难以描绘。妻子的每一句话都激动着我，使我无法放下它，看一遍又一遍，亲吻着它，将她放在胸前，舍不得放开，我的爱，你每一句话是那样的甜、那样亲切，你若在眼前我将搂着你紧紧地拥抱着你，吻个没够，我的妻子是那么贤惠、可爱，这是我的幸福。

　　天黑了，怎么能入睡呢？思念妻子的欲望更强烈了。在被窝里又反复地品着情人的甜言蜜语。夜深了，周围一切都静息了。唯有我，在床上翻来覆去，伸出手来，习惯地一摸，失望地又收回来双臂，搂了个空。亲爱的，这个滋味不好受呀！黑夜！如此的长，妻子离我如此的远，搂着，吻着，只有回去后再弥补，想着想着，入了梦，说也怪，在梦里相会了。一些事情就和你所说的那样，咱们抱着小宝贝在北海公园散步，

谈起咱们第一次的会见,谈咱们的知心话儿。我正想去吻你,哨音打断了甜梦,这种梦被打断,是什么滋味,也许妻子也曾体会过。

今天心里总像有事,不知该做些什么。跑到街上,没意思,坐立不安,想给你写封信,也坐不下来。下午会餐,本想多喝几杯,又一想,妻子叫我多注意身体,我的胃又不太好,怎能多喝酒呢?不能叫妻子在家里为我担心。所以全天只喝了一杯葡萄酒,从出发到现在,没有一点毛病。比在北京时胖了些,饭量也大了。中午饭吃了一碗米饭五个馒头,惊人吧?明天我们又要出发了,这次走后,就不再回福州了,一直南下到厦门,明天到莆田,然后,经漳州、泉州、晋江、厦门,据说,我们不到杭州去了,要在福州前线演透演深,完成任务后,即返京。

亲爱的,你叫我照张相,恐怕没有这个条件。我们经常流动,驻地分布又是如此之广,时间停留得并不长,无法照、洗,我想想办法。如能,当然不会让我妻子失望，看看近照也会解解闷的。我就有这种想法，有时掏出咱们的结婚照片，但脑子里还总想着咱们的小结晶、小宝贝，别人也问我，你的大女儿有照片吗？我说：百天后就会寄。亲爱的，这件事，莫忘。

宝宝的酒窝现在还明显吗？小双眼皮还是常变吗？你和宝宝去医院检查过没有，该检查了吧？你现在小便还带血不带了？要注意卫生，手术部分还疼吗？常用热水洗洗。

亲爱的，我会注意我的身体的，你放心吧！

你的产假4号就完了吧？这一段时间你确实受了不少的罪，真是辛苦了。夜里喂奶，不能好好休息，现在应让宝宝锻炼喝点牛奶。在你上班后，以免她不习惯而挨饿。牛奶增加了没有？

亲爱的妻子，现在是深夜12点多了。明天还要出发，我不能再写下去了，我知道我不能很快地入睡，床上没有妻子，那也得去睡。

亲爱的，分手的那天（4号）我知你和我同样的心

情。我们的话是那样的少。原本想4号不让你回家，5号再送你走，我怕当面看着我走而你更难受，所以4号就送你回老娘家。我是多么想搂着你度过一个甜蜜的夜晚，紧紧地搂抱着我的妻子，抚摸着、亲吻着，倾吐着内心的情话。亲爱的依敏，我不能再写了，心跳得很厉害，感情有些冲动了，强烈地想抚摸着你的身体，你身上的各个地方。亲爱的，热烈地吻你，在梦中能和你睡在一起，紧紧地搂着你，吻着你，抚摸着你。心乱了，不能写下去了，思念你的话写不尽。

叔芬的信，下次再写。

我的薪金已寄来(40元)，其他的钱你可去取。

你的骏伟在吻你!

代问小妹好，给她贺年!

祝爸爸、妈妈身体健康!

骏伟

元旦　12:20

1960年1月10日

亲爱的敏：

你好！我们现在泉州一带进行慰问演出。这一阶段的工作比前一阶段的任务更加繁忙。由于这种情况就不能按计划给你写信了。相信我的妻子会谅解这一点。同时相信心爱的会耐心地等待着，现将我们大致的活动情况告诉给你，免得心爱的为我担心、想念。

我们2号由福州出发，下午到了莆田，以莆田为据点，然后到各个部队驻地去演出。昨日结束了莆田地区的工作，今天到了惠安，这是一个机场。明天又要到新的地方去了。天天如此，每天一地，所以就很难抽出时间给亲爱的写长信了。这个地区统称泉州地区。26日即可结束这地区的慰问工作到厦门。在厦

门停留13天,到东山岛地区,然后经厦门乘火车到杭州,再停留一个星期,可能外出的任务就完了。估计在3月底回京。也可能提前或推迟,有可靠的日程之后,再写信告知你。

亲爱的一定为我的身体担心,放心吧!心爱的,我们在工作上是劳累些,但在生活上和工作上,都有着方便的条件。同志们互相帮助,我们没有时间洗衣服,女同志就悄悄地把脏衣服拿走给洗了。我的衬衣领子也给翻修好了。党支部扩大会又提出,女同志今后要更多地关心我们。这对我们的鼓舞太大了。演员们并不比我们轻松,他们除了演戏外,还同我们一起装卸舞台。这样一来,我们反而更轻松了。

这次的伙食也很好。每餐三菜一汤,每日三餐,9点、下午4点、晚10点半。鸡鸭鱼肉,山珍海味,样样俱全。这次外出吃的肉的总和,比在北京全年吃的肉还要多,这次外出的同志全都胖了。亲爱的,我也不例外,也增加了体重。身体挺好,腰也挺好,胃也没有出毛病。这也许是天气的缘故吧。不尽然,我注意爱护了。恐怕回京后,爱妻一看瘦了,那叫她多伤心呐!另外,这次组织上对我们也照顾得非常周到,这是整风①后的新气象。谈到整风,我们在外也并没有中断反右倾的学习。向党交心,学习文件。你们学校开始整风了没有?应当好好学习,这对我们的思想改造又是一个良好的机会。

我们在外边政治学习时间并不多,只开了一次向党交心的座谈会,关于对人民公社、"大跃进"、大炼钢铁等一系列错误看法及言行。虽然只一次座谈会,就说明在我们的思想深处有许许多多的阶级立场不稳等问题,今后还要继续开这样的会。

你已参加工作了吧?正赶上期末考试也够累的!你上班后,小宝宝闹不闹?我想,咱们宝宝不会闹,老娘、小姨早就下过结论——听话的宝宝。奶还够吃

---

① 1959年"反右倾"整风运动。

吧?上次写信忘了告诉你,宝宝吃牛奶,应注意别让她上火,适当地喝些白糖水、橘子汁、蜂蜜,蜂蜜最好,想办法买些让宝宝喝。

宝宝的百日我计算的日期是2月17日,你再算算,记住去给宝宝、你和宝宝照相。另外,给宝宝穿什么衣服,把女儿打扮得漂漂亮亮的,迎接新春、百日。临走前我们俩说给宝宝每月存两元,开一个存户,这事你办了吗?亲爱的,我猜你大概给忘了,对吗?

心爱的,我还得两个月左右才能回京,你不感到着急和寂寞吗?耐心地等待吧,亲爱的,我和你一样。恨不得长上翅膀回到你的怀抱。让你紧紧地搂着我,吻我,有时呆坐在那儿,我就想你和宝宝。闭上眼就能听见你在叫我的声音——骏伟。多么甜蜜的声音啊!再等两个多月才能听见。无情的时间,真慢呐!

心爱的,每当给你写时,我的心总是那么的激情。写得潦草,前言不接后语。我知道,爱妻会谅解这一点。总之一句话,想你,这些日子真不好过呀!急于回到你的身边，和你睡在一齐，拥抱着，亲吻着。

上舞台去了。不能多写了，下次再谈。

代问爸爸、妈妈、小妹、大妹好。

你的心上人骏伟吻你

于惠安机场，元月10日

1960年1月11日

我亲爱的骏伟:

　　新年好! 我天天盼望你的来信,心里总有个问号。我寄去的那两封信也不知收到没有。我都有点着急了,我和咱们小宝宝说,你爸爸怎么还不来信呢,她回答我的是咧开小嘴笑笑。眼睛鼻子小嘴一齐动,真让人喜爱!

　　骏伟,接到信后本该就立即回信,有些事情需办了告诉你。在42天时就该抱着宝宝去医院检查,因为天气不好,宝宝也没病还是等天气好了再去吧。在1月5号那天,天气很好,没有风,正要走,接到你的信我高兴极了。看完信后,就抱着宝宝到第二医院检查。检查结果宝宝身体一切都好,体重10斤半,身长58公分。大夫让给宝宝吃点鱼肝油精,不是有病,而是增加身体对传染病的抵抗力,助长发育,头盖骨长得好一些(现在买了,每天吃二滴)。还给宝宝种了牛痘,不是咱们以前的种痘划十字,就是用针在胳膊上一点。在种痘时做妈妈的都心疼孩子。有一位妈妈喊:"我可不敢看呀。"我虽嘴没说,可也没敢看,当时真有些心疼呢,宝宝种完痘,精神很好。小宝贝现在长得很耐人。脸儿白白的,胖胖的,有双下巴,腿粗得像小萝卜了,睡着了有时眼一转一合,双眼皮特别明显,深深的两道,可是一睁大眼睛就不显了。有人说,小孩还不定形慢慢会变的。恐怕像你一样大了才变成双眼皮。按照眼皮上深深的两道,将来有可能成双眼皮。脸很胖,一笑有一点酒窝不太显,眉毛弯弯的,眼毛很长。小妹说越长越像我大哥。现在从脸形上看真有些像你了,高兴吧!骏伟,我每次有事出去,大约在3个小时左右,6号,7号,8号。给宝宝吃完奶正要走,学校有同志给我送薪金。坐了一会儿,如果我再走,回来吃奶,宝宝就要挨饿了。结果没去。7号正要走(下午)我们学校又有支书看我来

了。8号又因为闲事没去。9号才到小西天，把宝宝购物本上的糖、肥皂、粮都买了。这次可没买上芝麻酱，然后到咱们屋取了你要洗的衣服，看了邻居，还看了黎山云的小孩，长得也很胖。李惠依对我很热情，一定要留我吃饭。煮了挂面，不吃也不行，真有点不好意思。我哪里吃得下，心里直发慌，回去晚了，该误了宝宝吃奶了。正在吃饭时，一位男同志给各家送薪金，我签名后取了50元零3分。卢承东不在家，我请李惠依把小木盒的牌给他。吃完饭急急忙忙回家，李惠依还送下楼来。布票也领了1丈1尺。亲爱的小宝，我的身体逐渐好了，已到医院检查过，手术部分长好了。子宫也很正，血到40天就慢慢没有了，可是以后又来了3天，现在完全没有了。医生说这不是病，孩子吃奶，一般例假不正常。前几天我曾到中医科看看，脚还有一点疼，能走路，大夫说还得休息几天再上班。现在我还没去学校，我身体好了，你放心吧。宝宝的奶够吃的，现在还没给她吃牛奶。连上寒假，差不多快三个月了。大一些吃奶,不容易闹病。

新年那天,大妹回家了,舅舅也回来了,还给我买了好小米和大米。谈起你已到厦门,大妹也要双珠子鞋①,比小妹的再大一小拇指宽一些就行了。如果太贵时,来信告诉我多少钱一双。

亲爱的骏伟,我听李惠依说有人带信给她说你们在二月底三月初就可返京了。我听了真高兴。如果我不是正给学生上课一定去接你。我愿意每天夜晚能梦见你,前几天我做梦还看见你,正要叫你却醒了,宝宝要吃奶了。

亲爱的小宝,好好注意身体,再谈吧。

妻子在吻你。

祝工作跃进!

妻子敏
1月11日午

---

① 20世纪五六十年代,珠绣拖鞋*、包袋曾是厦、漳的特色工艺品,风靡海内外。但现在这门手艺几乎失传了。珠拖绣工极为考究,有的鞋面纯以玻璃珠子绣成,有的则在丝绒面上用彩珠绣成珍禽花卉等各色图案,绚丽多彩,尤其是夜间穿用,在灯光照射下,熠熠闪烁,贵气逼人。

粉红色的爱:浪漫

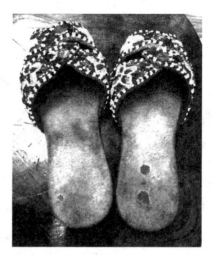

* 珠绣拖鞋

1960年1月20日

我心爱的丈夫：

　　你好！清晨起来，一看日历已是18号。我正思念着骏伟，我在想上次寄到福州的信不知收到没有，回信也该来了。是元月11日发的信，在写信时我就怀疑写福州的地址是否能收到。因为上次寄给我的信说第二天离开福州，不再回福州了。可是我又想你来信时没说福州的地址收不到信了。寄到那儿的信可以给转的吧。所以我就给你回信了，我这样想着，一声谁的信打破了我的沉思，是我的信，我高兴极了。看信后才知寄到福州的信你没收到，信内还有两个妹妹的贺年片，你可向福州管信处问问。

　　贺年片内写时间如流水，转眼又一年，时光过得真快啊，但是妻子在想念你又觉得时间过得太慢了，

我和你的心情是一样的。今天是19号了,宝宝出生已70天了,我计算一下宝宝的百天,也是2月17日,我是这样计算的,11月9日到2月19日去了12月多的一天、1月多的一天,一百天就是2月17日了。对的,在宝宝百天我一定给宝宝打扮得漂漂亮亮的去照一张美相。我看了日历是星期三,一定抽时间去不能轻易错过。宝宝的奶现在够吃的,宝宝的饭量不大,有时只吃一个奶就饱了,我的奶,在一天里,我睡着了,奶溢了,流在衣服的背上湿了一片,把被子都洇湿了一大块。宝宝醒了,饱吃了一顿就又睡着了,还和以前一样那么听话可爱,老躺着睡觉也不哭或睁着眼自己玩,院内的邻居说,怎么听不见你孩子哭呢。宝宝还没吃牛奶,过些日子再吃吧。

骏伟,你告诉我的事一件也没忘,牢牢地记在心里。钱存上了,宝宝的两元当然也不能例外。我现在还没上班因为脚还有些疼,我到二医院找中医看了,大夫说,月子里得的病好得慢些,需要好好休息,不然以后老疼应该重视。医院的证明请着假，但是你千万放心，大夫说，这病并不新鲜，有的人严重的两只脚都不能下地走。我的脚还很轻，过一个时期就会恢复的。你放心吧。现在我走路是不成问题的，就是不能多走，站的时间长了有些累。大夫说，一定能好的。

骏伟，亲爱的，大夫说就是受凉得的，我想你在外也应该特别注意这一点。肩膀还疼吗？工作一天太累了，一定躺下就睡了，可千万注意别着凉。虽然南方暖和，但是夜风也是厉害的，晚上睡觉要盖好。骏伟，信纸是我特意给你买的，我知道你很喜欢信纸内的小孩，对吗？上次给我的信纸一定是别人给你的纸吧。我看见了一捆菊花信封，立刻给我带到了菊花世界。那满屋子的菊花，颜色漂亮极了，你大概看见过吧。生活像一部影片，一幕一幕在我眼前掠过。不知为什么，这些日子，我特别的追念往事，有时想得津津有味，所以我就买了这有纪念性的信封。今天生活中又添了宝宝，今后我们的生活有了可爱的宝宝将

活得更有趣。北京下大雪了,一连飞了四天雪花。虽然下大雪,因为屋内有火并不觉得冷。宝宝晚上不用暖水袋,脚腿总是热的。宝宝一点也没冻着,也没感冒,宝宝已到医院检查过了,很好,体重10斤半,身长58公分,寄到福州的那封信已写过了。

春节快到了,去年我们在一齐过了一个好年,今年过春节弟弟要回京看妈妈和小外甥女,大姨也从学校回来了,小姨,我看,恐怕得抢着抱,非给宝宝逗怪不可。现在宝宝一笑有时就有声音了。

骏伟,小宝,我们这一代的人的确是幸福,因为我们是生活在激流里,尤其是你们在边防能实际体验生活,那在思想上就会有更进一步的提高。这次外出定能在思想上跃进一步,积极准备条件,成为一个真正的共产主义战士。再谈吧。宝宝吃奶了。

祝工作跃进。

妻 敏

1月20日 午

1960 年

1960年1月21日

心爱的敏：

你好！昨天我们在南安演出完毕，正要出发到泉州，一位军官送来了一批信件。我们以为是连队里给我们的感谢信呢！就在这时有人喊：小梁跳舞吧！天哪！这不是难为我吗？那颗激情的心又跳个不休，似乎成了条件反射的规律了，至于跳舞的事，只不过是闹闹而已。

在汽车上反复地看了好几遍。爱妻的来信，确实代表了愉快，特别使人高兴的是关于咱们宝宝的情况。爱妻说的如此细腻，就像亲眼看到宝宝的每一个动作。到了泉州我急忙借了尺子量了量呵！58公分，长得挺快的，体重也增加了，高兴的我见人就说：我的女儿长大了。等咱们回京后，我可以抱着玩儿去

039

了。整整的一天,心没有平静下来。遗憾的是,不能和幼儿欢度第一个春节。其二就是渴望已久的,也不能立即解决的——幼儿和爱妻的照片。

亲爱的敏,你所寄来的信都收到了。就是在路上走得慢些,这没办法。由于福建的交通不便,虽然如此,但是你所写的信都如数收到了。勿念。

春节要到了。我也在福建各地买了些本地特产,准备寄回过年,但邮费太贵,而且有一样还必须钉木盒才给邮。现决定,只将桂圆肉寄回。干的桂圆肉根本买不到,巧遇点搪制桂圆肉,就像北京的蜜饯一样,经过加工的桂圆肉。但愿年前能收到。也许在年前收不到。桂圆肉,这种食品可作中药,热性,补血,归女在产后吃很好。这样看来,妈妈还是少吃点,据说高血压的人要少吃。记得五四年我们到福建吃桂圆多了以后,都流鼻血。这种加工后的桂圆肉吃多了是否上火,就不太清楚了。这种已无核的桂圆肉,只有煮稀饭吃。在莆田买了两盒枇杷膏,这是给你买的,止咳化痰,也是补药,买了些茶叶,这些就不准备寄了。

我们今天在泉州,明天到梅山。23号还有一个地方演出。24号可到厦门。在厦门住10天,演出了13场,然后到漳州。东山岛去与否,还未肯定,若不去,二月底三月初即可回京。若去,就得往后推迟了。杭州、宁波、上海,这是最后一个阶段的演出地点。亲爱的,别着急,耐心地等待吧!我不希望你晚上做梦。这样,你更休息不好,白天照顾宝宝,晚上再睡不好,我真为你的健康担心。

我现在的饭量挺好,睡眠也够,夜里的梦还有。但比以前好多了。身体也比在家时结实多了。

亲爱的,北京天气很冷,你要注意身体。另外要特别注意宝宝的健康。千万别传染上小毛病,特别是小孩爱传染的病。咱们宝宝的抵抗能力还没有那么大。亲爱的,你要特别注意。

两位妹妹的贺年片及贺词收到了。谢谢这两位好妹妹。关于珠子鞋我还没打听需多少钱一双,估计

不会太便宜。那是出口商品,运往南洋、越南、马来西亚等地。以后看贵贱再说。若不太贵,给你和二位妹妹每人一双珠子拖鞋。

据说,厦门有鱼肝油工厂。宝宝吃的什么样的鱼肝油。如有的我给宝宝买点,到上海后再给宝宝买点礼物。你参谋一下,买点什么?别买了以后不适用,妈妈又该说我了。

再说吧。上舞台去了。

代问大小妹好,给爸爸、妈妈拜年、问好!

你的骏伟吻你

1月21日　下午5点

1960年1月22日

心爱的敏：

　　昨天写的信刚刚发出，今天还得写一封，也许你会觉得很奇怪，事情是这样的：

　　昨天上街询问了寄邮包的情况，我信上也写着，关于那两个枇杷膏需要钉个木箱，所以决定将桂圆肉寄回家，过年了么，应当想着，虽然妈妈不能吃，但这也是做儿女的一片心意。你和妹妹们都能吃。故今天一早，我就起床，找了布、针线，也缝好了，写好了，到邮局以后，问寄的什么？答：桂圆肉。同志，这需要钉个木箱，特别是吃的东西，邮资1.96元加上木盒就不知多少钱了。真是气人。昨天那个人说包起来可以的。今天又说钉木箱才可邮。我不便和他多说，转身回去了。同志们劝我说，别寄了，没有多久就该回北

京了。邮费又是这么贵,算算二斤桂圆肉才二元多。邮费、木箱,再增二元多,平均每斤桂圆二元多一斤了。合不来,我听后认为也有道理,但是心里总觉得别扭。过年了,不给家寄点东西,总觉得过意不去。所以连长写封信告诉你,你给妈妈、爸爸说明原因,女婿并没有忘记他老人家。

另外,泉州这个地方也有珠子拖鞋(厦门来的),每双鞋四元六角三分。有五元多的,最贵的有七元多的。厦门会便宜一点,但也不会便宜多少。雨鞋,这边没有,回到上海我再找找。我想给你买个旱伞,夏天可以给宝宝挡挡太阳,怎么样?关于珠子拖鞋,是不是需要买三双,请你来信指示,我没有意见。

明天我们就要离开泉州到梅山进行慰问,后天,也就是24日就要到厦门去了。春节在厦门过了,在这里先祝你春节愉快,宝宝健康、美丽。

弟弟能回来过年吗?代向他问好。节日快乐,若不能回来,就请你写信代笔问候。一定,别忘记!

因时间关系就不给妹妹们一一写信了。代问她们好，并要向她们解释清楚，我确实很忙。

本想给爸爸妈妈单另写信拜年，也是由于时间就请你代表我给二位老人家拜个年吧。再谈吧！

你的骏伟吻你

1月22日

1960年2月4日

心爱的骏伟:

　　春节好!一天下午真是高兴。一块儿收到你的两封信,看信后才知道原因,本该接信后就该回信,免得让你惦记。可是年前年后这几天实在忙乱。26号弟弟从青岛回京,我和大妹做些春节吃的。春节的前夕又接到你的电报,大家都很高兴。

　　这次弟弟从青岛回来啦,他以为你年前可以回京了,还给你带了几瓶葡萄香槟酒。弟弟曾在青岛给你写过信,他以为你回京就没发。他说,问我姐夫春节好。初四又返回青岛。在京玩了几天看了宽银幕电影还看了冰上表演。他穿你的冰鞋滑了一次冰,可是这些我都没去。

　　宝宝比以前更乖了,一见人到她面前就笑,睁着两只大眼睛很精神。大妹说宝宝长的是单凤眼，很美丽，过年宝宝穿的是红花新棉袄，衬着宝宝白胖胖的脸儿真漂亮。尤其是眼毛很长往上翻着，显得眼睛很好看。宝宝的身体很健康，从小西天回家后一直没闹病。宝宝吃的鱼肝油是旗鱼商标的，就是普通的鱼肝油精。一小瓶九角多，西单医药公司买的，给宝宝买些什么礼物好呢，我想了半天也想不出什么。宝宝玩的东西可以后再买，她现在什么也不会玩，最好是适用的。我初步考虑要不就买点漂亮的花绸子，或是漂亮的毛线（红、粉、浅绿色都行）。

关于珠子鞋，我和大小妹说，她们说她俩穿不合适不结实，不用给她俩买了。如果不太贵给我买一双，太贵我也不要了。听弟弟说宁波、上海的皮鞋便宜。你自己去买一双凉鞋穿，如皮拖鞋或是别的拖鞋，别太贵了，两三元一双就给爸爸买一双。到杭州去听人说杭纺比北京的又便宜又好。可买一些白色的和花的和杭州的小伞。来信知道你的工作很忙，一天到晚够累的，还

是多休息好，注意身体要紧，东西买不买没什么，碰上就买，碰不上就算了，可别为买东西而耽误工作。

我给你想到的，最好买一件雨衣、一双雨鞋，如果钱不够下月我就不拿钱了，来信告诉我用多少寄去。

初二那天，惠月来北京了，来家后说，因为你不在家，到北京看看我。还有别的任务就是给同志们带东西，因为还得照顾孩子，也没有出去和他说，心里有些过意不去。惠月还给宝宝买了几件小玩意儿，小人儿，一双小袜子。惠月于2月3日上午走的，小妹给惠月租的小汽车，坐12点直达兰州的火车。骏伟，小宝，爸爸看到你的电报给他们拜年很高兴，让你在外多注意身体。

白天我们聊天说，你在外吃得较好，工作累些，可能比在北京胖了。一方面南方的气候也暖和些，回京后一定又白又胖。你说，真有意思，晚上我做了一个梦，梦见你，是又黑又胖，正要和你说话，你走了，第二天一说真有些好笑。

1960年

　　宝宝的一百天快到了，再有13天就是2月17日了。那天把宝宝打扮一下去照相，耐心地等着吧。寄去的那张画像是小妹画的，基本上和宝宝很像，每天就是那样在床上躺着。笑有时自己还发出叫的声音。骏伟，实在对不起，这次回信拖的时间太长了。因为家里老有事，一乱一天就过去了。4日才有工夫给你写信。再谈吧！

　　祝：

　　春节好！

2月4日

你的妻子敏　吻你

1960年2月11日

（如有人回京，带信，可给李惠侬，我去小西天时她就会给我的。我给她留一电话号码。）

心爱的骏伟：

你好！上次去的信收到了吧，妻子甚为想念。

2月10日我到了小西天买了一斤半白糖、半斤红糖、一条肥皂，放在咱们柜子里并看了看衣物。听李惠侬说有一位金兴同志要去南方，给你带些什么呢？这是我早就有的愿望，上次去信忘了写了，正好有人去，给你带去25元，买一件毛衣吧。细毛线好看一点，粗线也可以，灰色的、驼色的，你喜欢什么颜色的就买什么颜色的吧，穿一件合适的。

前些日我曾想给你买毛衣，样子不好看肩太窄，毛线也不好，质量差一些，如能有时间去买，就在上海买一件好看漂亮的。你穿上我看着也高兴。李惠依还让我看了看南方的茶叶还不错，北京茶叶都不好买，最好能带一些茶叶给舅舅一些，因为舅舅帮咱们买东西，跑东跑西，表示谢意，不知想得对不对。总之你看着办吧。我想得不一定对，上次去信让你买些东西，主要是买些你穿的用的，剩下钱再买别的，我一点意见也没有。

宝宝这些日子真有些乖了，一个人躺着眸着两只大眼睛，又笑又嚷，都能笑出声了。有些愿意让人抱的意思。宝宝种的牛痘（宝宝会吃手了）发得很好，已经掉了，鼓包起来了，留着等你回来看看。我又想到的一点，给宝宝买一顶南方草帽或是夹的漂亮帽子。如有大一些的给小姨买一顶，我已在北京给宝宝买了一顶帽子，不怎么好看，要买六七个月孩子戴的帽子，能大别小了。还有什么事情，以后再谈吧。

再过6天宝宝就100天了,去照相啊!亲爱的小宝,妻子在等你,吻你。

祝工作跃进!

妻敏

2月11日

1960年2月14日

我亲爱的妻子：

　　你好！好久没有给你写信了，等得着急了吧！我们元月15号到的厦门，当天就要演出，所以连驻地都没顾得去。汽车直接开到了剧场——文化宫。演出完毕回到驻地，接到了你的来信，这种滋味真是一言难尽。一天的疲劳全忘掉了，躺在床上怎么也睡不着了。虽然信上的一些事前封来信也都提过，但对我来说，这上面的一切全是新鲜的。咱们的宝宝，那样可爱，我能不想吗？你，我亲爱的妻子，能不让我想吗？那间陈列着各种各样鲜艳的菊花室能让不回想吗？一连串的想象，一涌而来，同样津津有味。平常的失眠是一种痛苦，今天则是最大的幸福，一种享受。亲爱的，我是多么思念你和宝宝啊！

在厦门接着信后,本想立即回信,春节前收不到了。于是在17号的下午发了份电报,省得在春节之际接不着音信你想得过多。

我们的工作,依然如故。今天这里,明天那里,在厦门期间,除了演出,我们参观了前线人民公社,这里面出现了许许多多的英雄模范,小八路*、母子英雄等。他们给我们作了动人的报告,当然受到不少的教育。听了侦察英雄汪端宣的在敌人心脏里多次来往的英雄事迹的报告,这些报告就像听神话故事一样,真不愧是人民的英雄、功臣,在日程上安排得虽然没有一点个人时间,但大家的精神充沛,听了报告,受到教育,就应变成自己的实际行动。一天中午,我没有午睡,跑到街上,买珠拖鞋,真不凑巧。春节休假,二天去没有小的,三天再去,仍没有像样板那么小的号码。我问她们:猜大点有关系吗?曰,拖鞋大点舒适,和样板相同会小的。有道理,先买下吧,不见得如意。

小妹和大妹们的鞋都还没买,是这样,因为没有时间这是其一。其二，我们虽然离开厦门，但还要回厦门乘火车返杭州，回来再买。其三，她们喜爱什么颜色需要回信告诉，故决定暂不买。你问一下妹妹们喜欢什么底色及珠子的颜色，目前有玫瑰红、粉红、蓝、黑丝绒底，有各种珠花。给你买的是黑丝绒底，米黄色珠花。如果不喜欢，来信告诉我，以便回厦门时更换。

想给宝宝买双小凉皮鞋，跑遍了全市，没有小的，都是半岁以上的凉鞋。没有我穿的鞋，可气脚后跟太肥了，那么漂亮的皮鞋，穿不上，真气人。到杭州给我们小宝宝买把漂亮的旱伞，在上海停的时间久的话再买些玩具，想给你买件风衣。

现在我在漳州，16号，也就是宝贝百日的前一天就要离开这里。经漳浦到东山，约26日回到厦门，月底以前乘火车到杭州，三月底可以回到北京。亲爱的，说起来只有40多天，可是时间，有时无情，越是思念你，它越是像逗你一样的走得那么慢。

我的身体挺好，外出从来没有生病。前几天肩膀又着点凉，疼了两天，现已好，请勿担心。因要开会不能写了。

再谈吧，亲爱的，速回信。

吻你亲爱的妻子

你的骏伟，2月14日于漳州

宝宝的百日即将到来，遗憾的是我没能在家送给宝宝一件礼物，只有回京后再补送吧！

宝宝的百日照片如果能赶洗出来，请尽早给我寄来，否则我将终日思念着宝宝和你。这种滋味并不好受，但请你计算一下日子，我是否能在厦门收到。

我们本月25号或26号回到厦门。27或28号离开厦门。过杭州，信在路上走几天？你计算一下，北京到厦门的信是5天，应多算1天，打上6天，你考虑这个时间，即便是我们离开了厦门，他们也会将信转去的。总之，我是想能尽早地见到信和妻子、宝贝的相片。

1960 年

我离开厦门会委托他们转信的，放心吧！

但愿照相顺利。再照的话，就要在杭州见相片了。

骏伟　附写

2月14日 下午5:30

　　*故事发生在抗日战争时期，我国华北的一个抗日根据地——枣林村。儿童团团长虎子，积极参加抗日活动。一次鬼子"打荡"，打伤了他的妹妹，虎子怀着满腔仇恨，要为妹妹报仇。经过八路军杨队长的教育，使虎子明白了，要报阶级仇、民族恨，必须依靠共产党、毛主席的领导，依靠全国人民的团结战斗。后来虎子在党的领导下,在夺粮歼敌的激烈斗争中,锻炼成长,终于成为一名勇敢坚强的八路军战士。

1960年2月29日

心爱的妻子：

　　你好，想念你！我们已经胜利地完成了福建前线的慰问工作。26号从东山岛安全地回到了厦门。

　　27号收到一封从福州转来的信。当时就想，我妻子为什么还写老地址呢？使信的时间拖延了。虽然有点埋怨，但内心里还是美滋滋的。

　　拆开信，里面有25元。当时惊喜交错，当时想，我的妻真够胆大的。这封信如果遗失了，不是白白地浪费了吗？若是邮局检查出来岂不是违法吗？而且将钱没收。亲爱的，你真行，当时真捏了一把汗。

　　收到钱以后，晚上到街上跑了一趟。给妹妹们买了拖鞋，不一定合适和满意，以后再说。另外买了两盒厦门的特产：茉莉茶，准备给爸爸和舅舅的礼物。

　　我们在厦门评了59年跃进奖*,这是总团指示评定的。我被评为二级跃进奖,可得奖金30元。回北京后最后批下来,发这批奖金。

　　亲爱的,本来想早给你写信。告诉你杭州的新地址。但总没有这个时间,虽然也谈到了厦门会转去,但在时间上自然拖延了。现在后悔也来不及了。不然的话,到杭州就会接到你的来信,现在只有多等几天。有什么办法呢?

　　宝宝照相了没有? 这是我常在脑子里的一个大问题。所后悔的也是在这一点,如果事先将杭州的新地址告诉给你,就可以到杭州就能见到你的信和宝宝的玉照。这是多么幸福的一件事啊! 今天仍没接到你的来信,我有点发慌了。因为今天我们要离开厦门到杭州,若是李图同志由于工作长将转信给忘了,或是压几天,叫人该多么急吧! 虽然可能不会这样做,但总希望能早日见到你和宝宝的相片。因此,今日心神不定,这主要怪我。

本来计划福建工作完毕，到杭州一个阶段，然后转宁波，返京，后来又有新的变化。宁波不去了，这当然是一个好的消息，可以提前夫妻相会。昨天（28日）北京来电报说，杭州十余场，招待军、党政机关，赶上海演十余场，然后在上海公演五六场，于三月底左右再返京。当然听从命令，在上海停留几天也好，可以在街上转转，可以买件毛衣，可以给女儿买点合适礼物。根据情况来看，月底一定能回北京了。

亲爱的，再耐心地等待几天吧！我知道，这种滋味不是那么好受。我早就想你想得发狂了。我的爱，我是多么想早日躺在你的怀里，让你紧紧搂着，吻着。

亲爱的，我的身体出来以后一直挺好。由于饭菜好，吃得比较多。现在体重是68公斤，正像你所做的梦一样，黑胖。胃病也没犯过，只是肩有些酸，这是以前受风的缘故。准备回京后再彻底地治治，以免以后发展成关节炎就麻烦了。不过情况不是那么严重，你也别为此担忧。从那次以后，我没有彻底治疗好，所

以有时大疲劳以后,像落枕一样,有些不灵便。

亲爱的,我再说一次。别见信后疑神疑鬼的。只是告诉你,回京后彻底治疗。并不是说现在严重得如何厉害,明白吗?

今天下午7点40分,我们就要离开厦门,乘火车到杭州。在杭州具体能待多久?我现在还不知道。到杭州后再给你写信告知。

这封信我不准备在厦门发,因为现在已是下午3点半了。信今天也走不了,倒不如我将此信带到杭州再发,会快一点。

亲爱的,咱们快见面了,情话留着慢慢地睡在一块儿的时候再说吧。

我的妻子,每当给你写信时,我的心总是那么激动、冲动,好像要说的话没完没了。但又不知该从何说,因此写得非常乱!妻子会原谅我的。

淑芬现在还在咱们家工作吗?怎么样?问她好,你一直没提过她,我以为她不在咱们这儿工作了呢!

保重身体，亲爱的。

每次写信总是说宝宝躺着很乖，别让孩子老躺，应当抱抱宝宝。一方面有助于发育，二是总躺着宝宝的头会睡扁的。注意！

你的心上人热烈地吻你！

2月29日　于厦门

3点35分完

* 跃进奖奖状

1960年3月2日

心爱的骏伟：

你好！多日没有接到你的来信，正像你说过的，如饥似渴盼望你的信。计算一下，时间都快一个月了，真是想念得很。在2月11日请你们团的一位金兴同志带去一封信和25元，你买件毛衣穿吧，作为你生日的纪念（不是存的钱里拿的，是我节约的）。不知收到了没有，你的来信是2月14日发的，我想可能是在你发信后才收到的。

你的信我收到的日期是2月24日，信走了10天。看了信知道你们的工作很忙，确实够辛苦的，应特别注意你的身体，尤其是脖子可别再受凉了。

宝宝的百日要去照相，大姨说别照灯光相，怕宝

宝的眼受伤,于是先打听一下。听说西安门照相馆①
照日光像,一天下午3点,把宝宝打扮一番。大姨给宝
宝买的围嘴,淑芬没有在北京照过相。我请她照个相
吧,我们到西安门去,估计一个小时就回来了。谁知
道了没有日光相的设备了(从前有)。我们就又到城
中回去照相,那里的同志说前门大街北有日光照相,
我俩又抱着宝宝到前门去,时间已是4点多了。抱了宝
宝走的路真不少了,宝宝真乖,一点儿也不哭,照相
时已不早了,有5点左右了。宝宝都有些困了,我也累
了,辛亏宝宝没有睡着,要不然就不能照相了。照完
相后,我想,不定照的什么样呢,宝宝叫什么名字呢。
故先起名叫小红吧。叫小红有两个意义,一是老娘起
的更有意义的是宝宝出生在国庆十周年,是一个红
色的时代,宝宝长大要成为一个又红又专的接班人,
所以在相片上就写了个小红,如不同意叫小红咱们
再改,取相后一看我还满意,照得还不错,日光比灯

---

① 据推测,应在北京西城西安门大街上。

光的相机照得还清楚呢。你看宝宝单人的相片多胖呢,也很有精神。照相时因为天气晚了,一慌也忘了梳头了,结果头上有个尖,不过也没什么,我抱着宝宝的那张相片多有意思呢,困得都快睡着了,真逗人。姥爷说这个相片才有意思呢,等你回京也抱着宝宝照个相,那时又长大一些了。宝宝现在身体很健康一直没闹病,手背上胖得都有小坑了,腿胖得一道印一道印的,比量体重时又长多一些了。宝宝从来不爱哭,醒了睁着两只大眼睛自己看着自己的小手玩,嘴吃着手指头,邻居看了都说,你的孩子长得多好啊,真胖,真可爱。

你给我买东西思想上不要有负担,什么色的都行。我比在现场看得还逼真,一定比我买得好。如果顺便能换成玫瑰红的也好。米黄色的我也很喜欢,别的倒没什么,要紧的是北京鞋的样子不好,能给我带一双凉鞋或是皮鞋,要黄色的,别的颜色也行,我将非常感谢。你也要买一双凉鞋穿,宝宝的小凉鞋如果

很便宜可以买一双，等长大能走路了再穿鞋大一些更好，没有就算了。主要是工作要紧，别特别操心，宝宝的玩具也不必多买，碰上就买一两件，碰不上就算了，别不睡午觉。

　　大、小妹说她们什么也不要了，拖鞋穿不着，大哥每月给家钱，让你买些东西吧。我想，如果能看见比较便宜的皮鞋可以给她们买一双，也别特别操心，没有就算了。你到上海买一只金笔吧。

　　北京天气渐渐暖和了，知道你快回京了，我很高兴。在你回来以前把咱们屋子扫一下，好好收拾收拾，把被子拆洗了，好迎接亲人。大妹说我去扫吧，她们对你和我都很尊敬，弟弟来信还问姐夫回京没有，不久，可能到上海学习电工学。

　　亲爱的骏伟，我去迎接你。

　　祝快乐！

你的妻敏　吻你

3月2日

1960年3月5日

我亲爱的敏:

你好! 在火车上寄给你的信收到了没有? 那封信定比在厦门寄早收到一天。我们2号到达杭州的, 杭州不愧是个人间天堂。虽然这气候还不太暖和, 但初春已经不冷了。迎春花、白玉兰在盛开, 还有叫不上名字的花都在含苞怒放。亲爱的, 杭州风景之美难以形容。回去后再向你谈谈我的感慨。我们住的地方更是美的。静静的风景区, 原是高干招待所, 这次也招待我们这批平凡的人了。这里离市区也不算远, 西湖西边的山脚下, 岳王庙的右侧, 剧场在市区的东南, 也就是西湖的东南方向。这样每天演出, 我们的汽车必然得顺着湖滨绕着走, 可以欣赏着西湖美景。司机同志好像学过心理学似的, 每次走的路不同, 有时从

湖的南边走,有时从湖的北边走。时而从湖心公路上插过去,同志们自然拍手称赞。

亲爱的,关于杭州之美我不多叙了,我曾几次想到你,假如你、宝宝在杭州,岂不更美满吗?其实我有时也没心思去欣赏西湖的风光。

宝宝的相片你寄给我了没有?地址写的厦门吗?真想啊!亲爱的,你还没有外出过,你体会不了心上的滋味儿,刚离开的时候,想,中间一段较好了,稍平稳一些,由于工作还能控制,最后阶段心里就更平静不了,急于回家,想爱人,想孩子,这成了规律。亲爱的敏,想你几乎要发狂了,迫不及待地想早日相逢。

前封信没写杭州,但也可收到。本想到杭的第二天就写信给你,长于装台,修改工作。没有时间,直拖到今天。我将杭州活动时间告诉你,可根据时间给我写信,免得再转信。

我们在杭州待半个月,中间搬两次舞台。下部队停留两天,15号结束在杭州的慰问工作,然后乘火车赴上海。

　　昨天中午没有午睡,和老李上街跑了一趟。街上的东西不像我们想象的那样,像杭纺这些街上根本没见着,特产的手工艺倒不少。给宝宝,也可以说给你买的。杭州小绸伞,红色的刺绣,有粉的、淡蓝的、淡绿的,我知道你喜欢粉色和红色,因粉的不太好看,故买了把红的,别人都说不好,夏天红颜色给人感觉就热,我说:我爱人喜欢就行了,又不是给你们买的,把他们噎回去了。这个绸伞大都是喷花的,我为了给你,或是说给咱们宝宝的礼物,买了比较高级的刺绣绸伞,价格自然高些。亲爱的,因这伞并不适用,再说妹妹们在京上学用这种不合适,故不给她们买了,谅解!

　　上次来信说,惠月妹又来北京,她有什么事?是为了专门来看我吧?因为她今年暑假学校就搬到新疆去了,以后再见的机会就不是那么多了,可能因为这个缘故吧?你来信说得较少,知道的话可多说点。

因为信纸谁都用,早就用完了,买吧,在福建根本没有好纸,到杭州准备买呢,又没有上街的时间。那天因时间很短,长的把此事忘了,今天写信不得不向别人要了两张,还弄脏了一张(墨水洒上了),只得两面用,请妻子原谅。

亲爱的,尽量抓时间给我写信,我太想你了,需要你的安慰、鼓励。亲爱的,我的爱,最迟四月初回京,再忍耐点吧!

心上的人在热烈地吻你!

3月5日

于杭州

1955年

1959年

1960年

1961年

1月3日
2月6日
2月18日

1962年

1963年

1964年

1965年

1966年

1961年1月3日

骏伟：

亲爱的！我们于一月三十日放寒假了。放假后我就住在家里。过春节的东西我都买了。在学校买的是一斤猪肉、两块豆腐、四斤白菜和几个萝卜。在团里买的是六斤黄豆、二斤猪肉、二斤白糖、一斤苹果，给家属的是二斤猪肉、半斤牛肉、一小块腊肉、一斤黄豆、五个鸭蛋、一斤外地香油、两棵白菜、几个萝卜，还有酒水等。过春节虹虹还给三斤好白面、菜等副食。今天是星期六，把虹虹接回家过春节。上星期该接虹虹了，原因是一个小朋友出水痘，虹虹虽然出过水痘，就是出麻疹后身上出了几个，这次又染上了，不过轻。虹虹现在很胖，精神很好，勿念。给虹虹买了一身做棉衣的布，枣红色的，是小姨买的。我们正在给虹虹赶做新衣，把虹虹打扮得漂亮些。抱着虹虹到公园玩玩，复队长到山西，给大姨带去三斤多黄豆、一斤白米，我舅舅已给我大表哥写信了，告诉依珠糖是你大姐给你的。你们在太原快快乐乐过春节吧！过春节的副食还不算少，又加上我们小宝宝在家过春节一定会很愉快的，勿念。你也放心，好好地过春节吧！

祝 春节愉快！

敏

1月3日

1961年2月6日

亲爱的小骏伟:

　　这些日子我确实想你了，小虹过春节接到姥姥家了。我们的宝宝真是爱人，我常常让她看相片。初一晚上小虹说了这样的话，可真有意思。小虹说，给我戴上口罩、帽子，找爸爸去。你说多逗人哪!

　　舅舅回京了，关于麻石庄的事，本人没问题，家里调查问题也可能不大。舅舅这次回来还是比较高兴的。舅舅给大妹买了一瓶鱼肝油。我给大妹包了些白米和三斤多黄豆。初一早上我们吃的饺子，下午吃的火锅，我舅舅也在家吃的。

　　亲爱的骏伟，你在外面要好好注意身体啊! 我在北京等你早日归来，因时间关系，就写这些吧。

　　祝春节愉快!

敏

2月6日

1961 年

1961年2月18日

我亲爱的小骏伟：

宝宝和我都想你！17号我到咱家看了，目的是看
有你的信没有。一推门地上有一封信，一看是你来的
信，我真高兴极了，恨不得一眼把信看完。过去的一
些事情一齐涌向我的心头。每天晚上睡觉，我躺在床
上总把过去的事像电影一样想一遍，尤其是小西天
的床上一幕一幕地映在眼前。小骏伟，这次算万幸，
也可说没什么。在一月二十九日晚上来了，我本想告
诉你，心想，不写信告诉你，就是没问题。那么你回来
也还是不能解放了。当你信上写到宗古，我一下又回
到三年前在他们家初见面时，北海小船上、新街口屋
子里等，又是想笑过去，我真有几分傻气。可现在又
是当妈妈了，你是爸爸了，真是有意思。

　　虹虹出水痘还好,结疤都掉了,幸好脸上没落下疤,只是在鼻子旁边有小米粒那么大一个坑,是在将要掉疤时虹虹擦鼻子碰的。这可把我急坏了,我女儿的脸上有一点不好,我也不愿意啊。我就到处问了很多人,都说,小孩子正在吃奶,皮肤细,过些日子就长起来了。现在这个星期六我接回来看,真的又浅又小了。过些日就会长平的,这是很多有经验的人说的。

　　骏逸、惠月在过春节时我都给去信了,惠月这次来京,你又不在。我们尽量搞好关系,我闲谈北京也什么都不好买,小妹和惠月到街上看电影,路过卖帽子铺,说起帽子也不好买,无意中说了爸爸的帽子。惠月到家一看爸爸的帽子真也破了,惠月说兰州有,回去就买了一顶寄来,黑羊皮的。我已写信问她是多少钱买的(买帽子前我们说好的多少钱说明)。你的个人购货证,信上写的是问你要不要。老李说带上吧,万一你买东西,所以就交老李了。那封信已糊好,我要拆信改。老李说你别拆了,我告诉小杨吧。有一天小妹问我，大哥给你来几封信了，我说两封信了。
小妹说，没有朝鲜来信多了，也不给我来信了（小妹
的信），希望你给小妹淘气来封信吧，别让人家挑理。
给爸妈也最好简单写几句。

　　别无他事，别想家，你好好工作吧，我们于十九
日开学正式上课，再谈吧！

　　你回家时我一定去接你。

　　祝　工作愉快！

妻敏
2月18日

1955 年

1959 年

1960 年

1961 年

1962 年

3 月 2 日
3 月 4 日
3 月 15 日 (1)
3 月 15 日 (2)
3 月 18 日 (1)
3 月 18 日 (2)
3 月 ×× 日
3 月 20 日 (1)
3 月 20 日 (2)
3 月 25 日 (1)
3 月 25 日 (2)
12 月 11 日

1963年

1964年

1965年

1966年

粉红色的爱：浪漫

1962年3月2日

我亲爱的妻子：

你好！也许你已经听到话剧团的惊人消息了。或许你还没有听说，为了不使你听到消息后着急、害怕，所以今天给你写这封信。

按原计划，明天夜里出发，5号到达大同。但是在我们离开太原的第二天，在黄塞①遇了一次险情"食物中毒"了。在开幕前一个接一个地昏倒了，起初大家以为是煤气熏的，我当时也感到我有点昏，我便跑到野外，尽量呼吸新鲜空气。最后队长、协理员②、演员都无力支持，决定不演出了，送医院的正长着急救。

---

① 山西省太原市阳曲县黄塞乡。

② 协理员是军队政治协理员的简称，主要负责政治、党务和思想工作，协助军事，行政首长工作。

亲爱的，你一定想知道我当时和现在的情况，好了，我废话少说，先谈谈自己，以免使你看着心里打鼓。当时我们所有吃饭的人都感到腿发软、头重，我由于喝了几杯酒，头疼也有点严重，我以为是喝酒的缘故，同时以为有点煤气，所以心里似乎有底。我清醒地跑到野外呼吸新鲜空气。接着三个人倒下，失去知觉，进行抢救时，才想到是食物中毒。我为了不受环境的影响，依然冷静地在院子里待着，喝浓茶。现场当时真怪碜，幸好这里有所县医院，接着十六七个同志送进医院，猜轻点的决定回太原。我们几个，像李涛、小魏等，略感到头昏、口渴，也随军回到太原。回来后，林文又发作了，赶紧又送医院治疗。第二天早上，住在县医院的人也回到太原，送进山西的大医院，我没有其他反应，确实还称得上健康的硬汉子。别看平常不怎么样，但到这种时候，我们舞台工作的同志的抵抗力比演员要强得多了。

　　亲爱的，当你接到这封后，一定松了一口气。现

在住医院的,有林文、何苗、小赵,还有几个你不太熟悉的人。徐大维也没有什么反应。我们是二月十七号遇的不幸。为什么没有很快地写信告诉你呢?因当时消息封锁,另外,要观察反应,不许多走,一定要躺在床上休息,无奈干着急,不能给你写信,又怕你听到中毒的消息后着急、害怕,我更是为此着急,现在情况都好转了,也允许我们出来活动了,首先得写信,使我们的亲人不致牵挂受惊,我休息也能安下心来。

亲爱的,我再重复一遍,我一点事都没有。郝队长大概也快回去了,她会将情况详细告诉团里。另外这里的省委、军区,军各级首长重视极了,像抢救六十一个阶级弟兄①一样的紧张。

这几天来,我们这些没有什么反应的人可美了,整天让休息、睡觉、喝葡萄糖、吃水果,真是沾了那些

---

① 《为了六十一个阶级弟兄》*是20世纪60年代著名的通讯报道,最初发表于《中国青年报》。事件发生在1960年,山西省平陆县有61名工人集体食物中毒,后中央领导及时下令,使61名工人弟兄获救的事件。

1962年

中毒严重的人的完了，哈……北京也来了人，也算慰问。但是不好的是，我们回北京的日期必然就往后拖了。至少一个多星期，看样子，三月底咱们才能相会。回去后，又不巧，正赶上你……哎。没有别的事了。亲爱的，你放心吧，我现在很健康。

你的小骏伟吻你

3月2日

　　附：

　　这消息可否不告诉给妈，因为怕她老人家胡想一气，影响她的休养。如果说，就一定而且非常肯定地说，我一点关系都没有。这也是实际情况，请他们二老放心。

　　最后：

　　敬祝爸，妈身体健康，并问小妹好！

　　这次郝队长可长怀了，她没有去演出，没有吃那里的饭。来回联系医治，接待慰问的客人，可把她累得够呛。

*《为了六十一个阶级弟兄》

1962年3月4日

依敏,我的妻子:

你好,你辛苦了!昨天下午刚刚给你寄去一封信。今天老慧回京,顺便再写上一封,说上几句知心话,心里觉得也舒服点。

由于我们集体在黄塞食物中毒,有的同志比较厉害点,住了医院,无法继续演出。现在又回到太原休息,趁没有演出之际,领导上照顾老慧回京安排一下小刘生孩子的事,然后再回来参加工作。

事情发生在2月17日的下午,已经离开了太原,到黄塞炮兵部队演出,部队准备许多菜、酒,热情地款待我们,吃完饭,上台化收换服装,就在这时有人感到头昏、脚轻、想吐,有人说是煤气熏的,不多会儿发现有人昏倒的现象,接着一个连着一个地昏倒,不

知人事。亲爱的妻子,你看信后,一定想知道我的情况。亲爱的,我一点事都没有,当时也感到有点头重,我由于那天多喝了点白酒,以为是酒的劲头,当我听到说是煤气熏的, 我还冷静地跑到野外呼吸着新鲜空气。后来证实是食物中毒,有的人被送进县医院抢救。当时情况很紧张,县委报告省委,省委命令他们想尽一切办法抢救,如有一点没有把握,立即报告,省里出动抢救队,这里发生的一切情况,省、中央和总政部都在关切着,轰动了各级首长,看来并不次于六十一个阶级弟兄。这些情况我就不多谈。总之,各级领导,直到中央都很关心我们的一切变化,回京后再讲给你听。

这天晚上,较重的住在县医院治疗,轻的先回太原,我们暂时先留下。因为车子关系,第二天我们也回到太原了,回来后,林文又发作了,他也进了医院。现在我们这些健康人还住在军队的招待所,每天都休息,由于当时不让将消息告诉给北京,怕家属听了都着急,不让写信。现在情况已如此,再说,住院的,只是几个人,大部分人身体都挺好,北京的团首长也派来了慰问代表,昨天队长说,可以给家写信了。为了使你不着急,当天下午就写了那封信。

我们现在还在休息,因为住院的人不回来,我们也演出不了。这几天也把人给憋坏了,不让出去,只许睡觉,哪能睡着呢?发了很多营养药,喝了葡萄糖,这是省委批给的,还有水果。虽然过这种生活但还是想家,因为越在这里休息,回京的时间就往后拖,当然心急啦!不过这几天身上倒也长肉了,但并不明显,这可能是因为我老想家,想你和宝宝的缘故,不想又不可能。

本来想让老慧带回去点东西,许多人都让他带,实在看他拿不了,我就暂时先不带了。我在外头买了点东西,没有别的,就是些洗头粉、洗衣粉和牙膏,但没有什么戚。你看让老慧带回来个提包呢?还是小妹的那个提箱?你随便吧,将东西交给老慧带来即可,

我大约在十五号后回。

再说一句,我没有什么反应,老慧回去,我更放心,因为他会告诉你我的一切情况,老李、徐大维、汪客飞、小魏等,我们都是健康人。

就写这么多吧!

祝愿你一切顺心。

接到信后,你到七楼问问看最近是否有人来太原,可带信。

你的小骏伟热吻你

3月4日

1962年3月15日（1）

依敏：

你好！昨天上午10点多我们已到达大同，这是外出的最后一个据点，如果没有这次食物中毒事件，今天正是咱们相见之日，可惜时间还得往后延迟半月之多，实在令人遗憾。

托老慧带的信收到了吗？当你听到我们食物中毒的消息后，一定很着急或是有很多想法吧？为了不使你担心，一连写了两次信，一封请老慧带去，并希望他转告你，我很好。但至今还没有收到你的来信。

在黄塞收到你和小妹的信是大同转去的，此外还没有收到。我们回京的日期可能是三月底，因为这里单位较多，一个劲儿地请求多演几场，最初计划是廿九号返京，现在又听说是卅一号，到底什么时候还

没有把握，但最迟也是卅一日动身，因北京还有任务，不能再拖迟这个日期，我们回去前会将具体时间告诉你，同时，你也可以到团里问一下办公室的蔡助理，他会清楚的。在大同动身，估计是晚上，第二天的上午到达北京，如果白天上车晚上才到京，根据情况我们会夜里上车，在车上可以睡觉，白天到京方便，假如白天到京，你如果有时间的话，可带着咱们宝宝乘团里车去车站，如没有时间就不一定非去。假如我晚上到京，就第二天再从托儿所接虹虹，免得孩子见我兴奋或奇怪，而影响睡眠。因为我知道，这次回京的日期也很不凑巧，我在外面也非常着急，这一点没有办法，只有倾诉和拥抱我亲爱的妻子。

我们的军衔命令已到大同，还没宣布，正在做动员，讨论，过两天即将宣布，明确以后，我再向你报喜。

入党事，在大同也会讨论，回去后比较快地解决，据我估计，最迟也不过五一吧。也可能我太乐观了，随他的便吧！这个问题，在于那些人抓得紧不紧，关心人不关心人。

还有一件事，接到信，你必须去做，老李从北京来太原后，他说，咱们的房租钱扣得多，他从薪金册上发现我们这个事，咱们是一间，但是比老慧他们扣得多，他们是一间半，是否将厨房钱扣在我们身上，似乎有点不合理，因为上两个月，我已发现这个事，但也告诉了会计。他说，由于话剧团没有查清，所以如此我也没有再追究，这次老李又讲，我本想回去后我团部的章绍龙秘书，眼下又回不去。四月份薪金又快下来了，所以你立即去说清这一事情，别再多扣咱们的钱。老慧他们是一间半，这事情也很久了，你生虹虹时咱们不是一间半吗？大概一直扣到现在，这事先不提，主要了解一下，为什么一间房钱比一间半房钱多的原因即可。到团部找蔡敬曰也可，找章秘书也可，一定去问一下，同时我再向章秘书写信去问。

你告诉小妹，她给我的信收到了，因为最后阶

段,我的日常程紧张,先不给她回信了。

就先写到这里。

锐:保重身体,问爸妈,小妹好!

骏伟

3月15日

1962年3月15日（2）

亲爱的小骏伟：我的小冤家：

　　我曾给大同寄的信，还有小妹写的一封信，不知收到了没有。小骏伟：离开几个月真好像是几年没见，我和宝宝都想念你，说起来时间过得也快，不觉又是春天了。我有时想到，等你回来天暖和了，一定抱着虹虹我们到公园去玩玩，多幸福呢。时间虽然过得快，可是要想念亲人可又觉得时间过得太慢了，十几天的时间也觉得是漫长的。

　　来信知道你们食物中毒，信里知道你不要紧，心里还算放心，听到老慧谈你们的情况，总算放心了。

　　每个星期天，下班后我去接宝宝。这几次都是争取第一个先接虹虹，怕虹虹接晚了着急。阿姨说，虹虹可好呢，听话。阿姨说让等着，小虹就答应，唉！唉！

逗得阿姨想笑。阿姨说:梁虹,我生气了,她就亲亲阿姨。阿姨说梁虹会哄人吃不了亏。星期天我接虹虹,每星期一的早上小姨送虹虹,小姨说,上星期送虹虹到托儿所,小阿姨逗得虹虹都不找小姨了。这几次送虹虹都没哭情绪很好。

　　小鬼,我第一次上你们的当,调在小西天工作。第二次又上你们的当了。我说过,等咱们有第二个孩子再剪头发吧。你不听,老催我剪,走时又一再嘱咐我剪,真把我说得没主张了。剪了吧,说心里话,骏伟,我是真爱你,才嫁给你。可是你老欺负我,我没有征求过任何人的意见,我是想,我喜欢他就嫁给他,所以你对我说的一些事,我因为爱你,就照你的去做吧。说心里话,我真舍不得剪去我的头发,剪我的头发,一剪子下去,真像剪我的心那么难受。头发是烫了,可也称了你们的心了,可我自己是太伤心了。我又做了一件不是出于本心的事,剪头发的这几天,我恨得连饭都吃不下了。我恨我自己没主张,其实我梳

小辫比烫发好，烫头乱七八糟真成了鸡窝了。烫了4
天头，我就洗了两次，可把我气坏了，比原来不烫头
还是得增加了几岁，什么美丽、丰满都是你说的鬼
话。本来这些日子，我情绪有些平静了，班里不乱了，
我也就心情好些。每天吃饭比较舒服些，脸上好像胖
了。可现在呢？我自己知道我永远也不会胖了。人家
都说我心重，我也不知道我怎么心重，这次才感到，
我的心的确重。人家老说我梳辫子不好，我是不高
兴，结果更使我不高兴，烫了头，好像增加了思想上
的负担，又难看又乱，真后悔。我不听你们的鬼话就
好了，因为我实在抑制不住我心里的火，所以写信得
骂你一顿。这回你们拍手笑吧，你又该说了，岁数大
了，梳辫子不好看。其实我看并没什么不好，都是你
们瞎说，我真要气死了。

　　话又说回来了，小骏伟，让人又是气又是爱。你
月底回来想到了回家的事，上月是24日来的，这月推
迟了几天，是4日的早晨来的，这月也不知道为什么

多了几天，我还以为是有病了。其实没病，小鬼，你回来可能不会赶上，这回坐在火车上也不用老担心这件事了。

　　亲爱的小骏伟，别着急，还有几天就在北京会面了。我可爱的小鬼，虹虹每次从托儿所回来，她总说这么一句，我找爸爸去。她的小脑子也老想着爸爸，我问虹虹爸爸呢，她会很快地回答我，爸爸上班了。我抱着她和我亲极了，比你在时活泼了。

　　亲爱的，我在等着你。

　　祝：你早日归来！

妻子敛　亲亲小骏伟
3月15日

1962年3月18日(1)

（今天星期日，虹虹两点多睡的，她睡了我才能写信，就睡在里间的小床上，有时也有些故意淘气。）

亲爱的小骏伟：

前几天本想给你写信，心想路上也得走几天。听老慧说十四号左右到大同，就写了一封信，让老慧带去。谁知情况变了，星期六听说老慧不去了，我就把信拿回来。4点多钟就去接虹虹，抱着虹虹走在街上，虹虹要下地走，一路上就这样走一会儿，抱一会儿地回家了。一进门，看到你的来信，想立即再写一封信给你。可是，虹虹找我不能写，今天是星期日，虹虹可逗呢！2点多大概也有些困了，就哭起来，大声嚷着，我找"爸爸""爸爸"。你说，这小东西对你印象还是很

深的。星期六晚上看你的照片,虹虹还趴在玻璃板上和你亲嘴呢!托儿所的阿姨都说虹虹机灵,阿姨说我们叫梁虹"小机灵"。果然虹虹是聪明。

小骏伟:那封信我已写了,你这封信又提到回来的事。我这个月是2号早上来的,如果你们是31日回来,正好还没来呢!你别为这事担心了。骏伟,正像你说的,越是快回来就越想你了。晚上我在床上,脑子里总想到你回来。咱们在一起……想着、想着我睡着了。关于房钱的事星期一我就去问问后再给你去信。

亲爱的,在最后的阶段还要更注意身体,注意自己的行动,和同志们团结好,弟弟说,以免影响你入党,下次写信再谈吧。

祝工作顺利!

妻敬　亲亲小骏伟

3月18日星期日

敏：

〈残〉

岂不更倒霉吗？如何正确地对待这次军衔评定，对自己在思想上是个具体考验。昨晚谈得较好，当然还没有完全搞通，但是我会正确地来对待这一问题，不过我觉得一切问题不是像想的那么顺心。

老慧已确定不来大同了，所以你就别等他给我捎回信了。写信寄吧！再有我不是要一个提包或小妹的提箱吗？你可以到团里问问还有人来没有？如果没有人来了，就别为此担心了。我就在街上买一个绸兜也行。

再谈吧。

　　祝愿:你一切都好,向爸爸妈妈,小妹问好,并告诉我的小宝贝虹虹说:爸爸就要回北京了!

骏伟

3月18日

1962年3月××日

依敏：

你好！由于大维的爱人要生孩子，所以也提前回京了。真是羡慕他们能够先回北京与家里人团圆，但又一想，咱们相聚的日子也将要到了。至于什么时间，现在还没有最后确定。到北京的时间估计是卅号或卅一号，那么这两天你可到团里去打听一下，如果是卅一号到京，这天正是星期日。星期六将虹虹接到小西天住，我们卅一号的早晨就到京了，你和虹虹都别去接我。如果是卅号早晨到京，等我回去后，咱们再接宝贝，你也别到车站接我了，因为时间太早，你也挺累的。如果是卅号晚上到京，你就将虹虹接到咱家，等着我，晚上更不要去接我了，虹虹现在大了，你别把虹虹放在家，到车站去，这样孩子会哭着找妈妈

的。具体什么时间，你到团里问问，我知道后会告诉你，但是害怕走得慢，明白吗？

昨天宣布了军衔，我的军衔不是上尉，而是中尉*，正像郝队长说的那样，争来争去，就是因为参军年限没有争上，当然也有点遗憾，但是我的文艺级别提了一级，也就是说，薪金提高了点。这两天当然也有点情绪，觉得只是为了年限或是怕四九年的同志也是中尉有意见，这点我觉得似乎太平均主义了，心里有点不痛快。昨天晚上林文大概发觉我有点不舒服，就找我谈了心，并提醒我应该平静下来，特别是自己面临着入党。

〈残〉

骏伟

1962年

* 中尉肩章

1962年3月20日（1）

亲爱的依敏：

我的好妻子，你好！你的来信收到了，这股高兴的滋味实在难以言表，真是幸福极了。因为我胃有点不太舒服，所以晚上没有去参加演出。睡又睡不着，起来给你写这封回信。我亲爱的妻子，你说的太对了，这几天确实感到漫长，难挨，要不是食物中毒，咱们早团聚了，没想到一直拖延到月底，使我最担心的是回京后正巧赶上，今天这封令人兴奋的消息，真是不能使我平静下来，我要把我的爱回京后集中地表现出来，越加感到这些天这么难过！

敏，你说到很爱我，这一点我早有体会。我常常夸耀我的妻子，对我如何好，如何贤惠，我常暗自想，有这样的妻子确实太幸福了，以前你不常回咱家。我那时,心里是有点别扭,说实在的,自从在小西天工作以来,我更感到家的幸福。当然在此以前,我们在感情上也是挺好的,我对你也是不折不扣的爱。你经常爱说,自己老了,年纪显得大了,特别是这次提到烫发,似乎是说还不如不烫呢,因为烫了更显得增加了几岁。亲爱的,我永远会爱你!大几岁,小几岁,不都是你吗?我爱你,烫发这件事,你烫了更说明了咱们的爱情,我一说,你去做了不正是为了我吗?以后不许你再说自己老呀等等这些言辞。我正是爱你,所以我才和你成了夫妻,这是我爱你,在我的脑子里没有想过你比我大,显得老,我不承认你说的,我总欺负你,应当说我很疼爱你。是的,我的思想修养不太好,有时有点孩子脾气,今后会好的。

根据目前日程,我们三十号的晚上在大同动身,三十一号的早上七点多到达北京。如果有变化我再写信告诉你。三十一号正是星期六,我已让徐大维转告了我的意见,随你自己的便。如果幸运的

107

话，咱们可以将彼此之爱集中地表现在相逢之夜，热烈拥抱着你热吻着你，正好这天咱们的宝宝也接回来了，这个日子快到了。但也够漫长的，还有11天吧！

这次评级我提升一级，但在军衔问题上，由于参军年限关系，没有力争下来，当然，在这个问题上，我知道话剧团的党支部是尽了很大力量去争取，这次下来之后，还是将校的军衔提为上尉的意见又提给总团了，至于批准与否，就不知道了。

我会按你说的那样去作，注意身体，和同志间合作好，先争取入党是主要的。

房租问题，我回去后再跟他们争吧，那是一些官僚主义干的，碰上我这个什么都不问的马大哈，多扣我钱的时间很久了。

就这样吧，多来信，最少来两封信，怎么样？

亲爱的，长的话，你随便吧！

1962

明天我的胃就不疼了,放心吧!

你的骏伟已准备好了, 回去后用最大的热情接着你,亲亲你!

骏伟

3月20日晚

1962年3月20日（2）

亲爱的小骏伟：

　　你给徐大维的信我在20号接到的，看了信知道关于军衔的问题心里有些不痛快，算了，有什么不痛快呢？即使评成少尉，你的妻子也仍然会爱你的，话又说回来了，谁让咱们参军的年代晚了一年呢？社会上的事情真是说不清，生气也是白生气。今后只有在工作上埋头苦干吧。我俩这一辈可能是就这样，我看咱们的后代吧。虹虹可记心了，星期天小姨教给她写1、2、3……小虹就把2字记住了。星期日从书架上不管是什么书、本，就拿铅笔在本上写画，嘴巴还说2222……虹虹的习惯，老爱翻书看，虹虹长大了一定在学习上是不会错的。这个星期日虹虹也不知怎么想起爸爸来了，就哭着要爸爸，我找爸爸……闹得我真没办

110

法，这小东西可真有意思。我问虹虹你哪儿想爸爸呢？虹虹就告诉我肚肚想爸爸，她真的懂事了。

亲爱的，知道你快回来了，每天晚上一睡觉，小骏伟的影子就在我的脑子转，想来想去一直到睡着。过去的事情不管它吧，评什么也好，别显出自己不高兴，就不高兴又有什么用呢？我活了这么大，真的感到做人不容易啊，处处都会使我有感触，今后我有决心，把我们的生活安排得更幸福些。

关于房子的事，我和老慧谈了，请他给问问。现在房子的问题不是咱们一家。李惠珍也说他们的房子错了，舞美队房子也错了，我想以后会查明的。

亲爱的骏伟，我和宝宝都想你了，虽然几天，也觉得日子过得太慢了。亲爱的，你别羡慕人家了，咱们也快见面了。

祝心情愉快！爸爸妈妈问你好！

妻子敏　亲亲小骏伟

3月20日

1962年3月25日(1)

敏:

〈残〉

说实在的,我们都想要个儿子,主要的是考虑到你的体质还没有恢复。另外,咱们虹虹还小,再大点孩子就不受罪了。所以我宁肯不解放,亲爱的,我并不是不明白,但有时,也实在感觉不舒服,同时也想,亲爱的,你舒服吗?当然为了安全和愿望,只有暂时地受点委屈,当然也算不了什么委屈。恰当地说,更是为了咱们全家的幸福和健康、愉快,为了孩子,我没有什么可说。

在太原也没有什么可买,因为这里早实行了"分值卡"。听说北京没有肥皂、牙膏,所以就买了些洗衣粉、洗头粉和牙膏,我们这些人像抢购一样,每人都

112

搞了许多。

　　你们开学了，我只担心你吃饭的问题，怕吃不好，直接影响着身体。我不在家，你确实更辛苦，接送宝宝，来回上班，一系列的问题。我实在想念，还好，日子不长我们就要回北京了，祝愿一切都顺利都好。

　　听老李来讲，一天他到家去，你没在家。妈说你和小妹去烫发去了，我和大妹听了，都很高兴。大妹还说，真不易，另外劝我，让我大姐烫发吧。两条辫子衬托得更瘦了。当听老李说你去烫发，都笑着拍手称好，怎么样依敏？到了理发店又变卦了吧，也许我回京后，仍然拖着两条又细又长的小辫子。亲爱的，烫了吧！改改发型，你会比现在更美的、更丰满的。听我的话，下决心，去烫了吧。

　　虹虹好吧？今天是星期日，我更想她，又掏出你里照片目不转睛地看着你和宝贝。见面时间快来了，老李也外出了。你有事就找卢承东询问吧。这次老李

113

已经带来了三月份的40元,你看一下,二月底的补票处理没有?

　　明天(二十六日)离开了太原。回信写山西再谈。

　　　　　　　　　　　　　你的骏伟亲吻你

　　　　　　　　　　　　　3月25日

1962年3月25日（2）

亲爱的小骏伟：

你好！24日接到你的来信，看了信真使我感到夫妻的爱难以用言语形容，尤其是烫头的事让你小鬼一说，真是气都没有了。你小鬼真是我的命，往往一些事情你愿意了，我也就愿意了。什么力量呢？可能这就是爱情吧，把人紧紧连在一起，又在爱情的结晶上有了我们小宝宝。人生说起来，有时诗情画意，有时又感到忙碌得无味。不过我们的生活，还算幸福的。小鬼，你的胃又疼了，吃饭又不注意，这真使我放心不下，以后回京，真得好好去治治。不然经常这样多难受呢！虹虹可逗呢！现在说话清楚多了，什么都会说了。虹虹说我的头发是毛毛，我说虹虹妈妈的小辫呢？她说没有了，等我一扎上，她就说，在这呐！这

星期六我和小妹把咱们的屋子收拾干净了。我们是这样打算，下午我有一节课，就和小妹一齐收拾。小妹是中午十二点多到的小西天，我从学校回来向老惠借了毯子。因为一点给学生吃药，下午2点又给学生吃药，结果是我不能帮小妹扫了。小妹就自己把屋子扫了，床上桌子都擦干净了。看来小妹是很喜欢我们的，尤其是对你的印象好，真是从心里当亲哥哥一样。你回京咱们想想办法，给小妹找个比较合适的工作。如果小妹找的工作离咱们近，对我们以后也是有利的。我们本打算收拾好屋子接虹虹回家，可是因为现在流行感冒，托儿所不让接，虹虹这些日子身体很好，没闹病。不让接，我就回家给虹虹做衣服。就是过年给虹虹买的那身棉衣，因为在春节的时候虹虹有病（出水痘），所以一直到现在才做。衣服肥大，现在做好了，等秋天穿正好。虹虹的蓝毛衣拆了，是小妹帮我织的，有哪儿不会，我织，现在只剩下领子了。今天虹虹不在家，有时间，今天就完成了。样子是毛领

116

后面开口,很好看,虹虹的薄棉袄,薄棉裤都给做好了。北京这些日有寒流,天气冷,虹虹还是穿的厚棉衣。

这件东西几次写信都忘记告诉你了。舅舅在春节回京时给你买了塑料瓶的擦脸油咏梅柠檬蜜①。弟弟说是给你刮胡子以后搽脸用。可是油好,每次接虹虹回来都给她搽脸。

小鬼,真是我的脑子也不好。至今也没有把你的生日记住,到底是哪一天,哪一日,你也没给我说清,又是三月又是二月,等你回京后给你做长寿面吃。

我亲爱的小骏伟,满脑子的想!想!想!脑子里总在想回来时的情景,又想躺在床上,怎不知怎么搂着亲着好了。

亲爱的,我还给你写信。

祝你一帆风顺!

妻子敏　亲亲小骏伟

3月25日

---

① 咏梅柠檬蜜:20世纪60年代风靡一时的护肤品,与之齐名的还有"友谊雪花膏"。

1962年12月11日

我亲爱的妻子:

　　你好! 今开刚刚几天,但好像已有数月,可又像昨天咱们还在一起。

　　这次的外出与往常不同,在火车上,我的心总是平静不下来,想到我的妻子,和咱们可爱的小宝贝,想到爸妈、小妹、叔芬,各种念头一涌而上。

　　亲爱的, 近来的身体怎么样? 出什么问题了没有? 小宝宝的体重增加了不少吧? 一合眼就会想到她那副多种表情的小脸儿、小嘴。亲爱的,你要注意身体,另外注意小宝宝的卫生,这是最重要的,麻痹不得。有好多话要说,真是不知该从哪里读起,想到哪儿写到哪儿,我知道我的妻子会理解我的心情的。

　　我们5号12点从家里出发, 在火车站游玩了片刻。这个时候我就想给小妹打个电话告诉她我已到了车站了，但不巧，拨机总是不通。只有放弃这个念头，火车1点15分开车，6号的下午5点到达上海，住一夜，7号11点50分离上海，8号下午5点多到达福州，晚点两小时。下车后受到热烈的欢迎招待，这些先不说，因为这是常见的事。最使我感到新鲜的是这里的气候。"江南真是好地方"这句话名不虚传。虽一江之隔，但却两样。在浦口过的江，江南的风是那么温和，越往南走，越暖和。满山绿油油的树、草、野花，福州这个地方从来未有过冬季，没有见过冰、雪，一年不分四季，而分凉、暖、热三季，有些新鲜事说给你，也许你们听了之后不大相信。我若没见，也可能打个问号。我们在火车见到农民们在田里赤着背耕作，河里还有人洗澡。你想，我们的棉衣在这个地方那不是多余的？根本穿不住。穿一件线衣也就足够了。但是这儿的气候变化还是挺多的，有些同志不能适应，有感冒的，我却很能适应天气的变化。早晚多穿一点，热

119

的话再减。

在火车上吃了一天不带油的饭,而且不能吃饱,因为我吃了打虫的药。第二天,下来三条蛔虫,肚内是否还有虫?现在还没有检查。现在吃饭挺香的,每顿三碗米饭。有一次吃一碗米饭四个馒头,馒头虽小,但这个数量还是很惊人的吧!这两天我摸着自己的脸,好像比以前胖了些。

本来应当到福州后就给你写信,但因我们的日程排得很紧,8日下午到,晚上军区请我们洗温泉,第二天装台,晚上连排戏,到夜里1点才排完,10号整天地作修改工作,晚上开幕式,体力上还是比较疲劳的。今天上午又听报告,关于"福建前线对敌斗争的情况"①,下午又开了个小会。现在趁演出前一点时间写这封信,我也很着急。唯恐我亲爱的妻子没能及时接到我的去信而想念,难道不是吗?

---

① 1958年炮击金门后,"台海危机"升级。

妈妈的病近来有些好转吗？她老人家近来有着急的现象吗？你在家里应多做些说服工作，那么首先要求你自己要耐心，说话注意，别那么生硬。请她老人家安心休养，别总抱着小外孙女而累着。

爸爸的脖子吃药后，疙瘩比以前小多了吧？他老人家每逢休息日，大概又为小宝贝长个不停吧？

小妹在家里做功课大概很困难吧？千万别净看小外甥女的小嘴，而影响学习，这一点小妹虽然会掌握，但你还是要提醒她，有时小宝宝会叫人喜爱得忘掉别的。

淑芬的工作怎么样，还顺心吧？你要多帮助她，像关心妹妹一样地关心她，这样对咱们也没有坏处，对她亲切些。有些事，自己能做的就做，给她也做了带头，因她年纪小，所以必须这样，关心她的学习，另外替我问候她，谢谢她对我的帮助。

因时间关系不能多写了,心里想要说的一下子也很难写完,最后我再说一遍,你要多注意自己的身体。我不在你身边,真有点不放心。切记,别让我担心。

代问爸爸,妈妈,小妹,大妹及淑芬好。

你的骏伟

12月11日晚 演出

1955 年

1959 年

1960 年

1961 年

1962 年

1963 年

1月25日
9月6日

1964 年

1965 年

1966 年

1963年1月25日

骏伟dear：

　　来信收到了。本该接信后，就立即给你回信。原因是期末赶写评语、算分，拖了两天才给你回信。你走后我一直住在咱们家(小西天)。中午买饭，晚上到城里吃饭再回去。晚上做些工作，你走后第二天星期日晚上惠月从兰州来了，尽量搞好关系。我和惠月晚上住在小西天，惠月来京是玩，给别的同志带些吃的。星期六我把虹虹接到小西天，我是从托儿所把虹虹抱回家，一路上和虹虹欣赏着月亮。我告诉虹虹说月婆婆，虹虹也说月婆婆，一会儿看不到月婆婆，虹虹就找，我抱着虹虹到家，满头满身大汗，腿都迈不开步了。星期日我和惠月进城，惠月在家吃了饭就到东城买车票去了。原因是西安来电让她回兰州。我问她什么事这么急，她不肯告诉我，我留她再住几天，她怎么也不肯，于一月廿四日回兰州了。惠月在时学校给了两副羊下水，羊头两个，过了两天又领了六斤黄羊肉，惠月也算走运，还吃了些肉，吃的包子（走的前一天晚上在城里吃的，我还给了两个团子，一个扁包子在火车上吃）。期末工作忙，我向她说明了不能请假送她，她自己去的。你走的第二天中午小妹要去看电影，正好碰上卖碗柜子的，31元4角，小妹就买了并送到小西天，现在已摆在屋里了。星期六把虹虹接回来，虹虹听话极了。晚上给虹虹说了，虹虹就躺在床上等着我，会叫姑姑。星期日惠月没买下火车票，星期一的早晨5点多就去买票了，早上我6点起来，虹虹吃些点心，我就抱虹虹走了。虹虹在家，我问虹虹爸爸呢，虹虹说，爸爸上班了。看着相片说爸爸妈妈。我把虹虹送到托儿所，正好喝牛奶吃面包，虹虹也没哭，还和我再见呢。27号放假后，一定抱虹虹去洗个澡，虹虹又胖些了，在家还吃肉呢。放了假我要把咱

们屋子扫一扫，好好把屋子整理一下。把东西放在柜子里，屋子显得不乱了。粮票老李给我了，三斤，饭票李桂给我了。帽子是你走的第二天退的6元零5分。

放假后，我打算住在城里给虹虹做衣服。先做个内衣，有保姆做饭，我好好休息几天。特地给虹虹拆洗了小裤子，不让虹虹冷着，你放心吧，我是会好好照顾女儿的。

北京天气比前些日冷些。我想太原、山西一带是会更冷的。你要好好注意身体，天冷时就把毛袜子穿了吧，别舍不得，冻着多难受，东西是为人服务的。小妹也说，别省着，穿了吧。亲爱的，你走后我很想你，从信里知道你吃的还不错，我想你回京体重是会增加的。我在北京也要注意身体，相逢时咱们的体重都增加了，该多好。

学校27日放假，再学习几天到月底就正式放假。学生乱，可是考试成绩和其他班不相上下，100分和90多分的同学占多数，有三人考得不够好。有一个是半路来的，有二人是脑子不好学不会，成绩还是合乎要求的。完成了这学期的教学任务。

再谈吧！

祝你工作顺利、思想跃进！

敏

1月25日晚

1963年9月6日

依敏:

刚把信封上,准备去发信,又通知说准备让家里往这里送衣物,也就是说这个地区冬天比较冷,准备十一月中旬结束,这是目前的设想,如果中间发生意外,就得延长点时间,所以决定让家里往这儿送些衣物。目前晚上我睡觉已将毯子搭上了,只盖被子已经不行了。说到这儿想再问问,小乖们的冬装、秋服是否已准备齐全,应早作准备,以防措手不及。你的冬服、棉裤、棉袄是否也抓紧做了,要早下手。

关于我要带的东西:棉大衣一件,旧棉鞋一双(塑料底的那双旧棉鞋,别的就不用了)。丝绵背心如没有拆,也可带来。你先晒晒,在大衣里子上缝块布写了名字,别的也没有其他事了。

128

我相信你会把家料理得很好，早已放心了。

可代问留家同志们好，见了他们就说我来信问他们好。

骏伟

9月6日

1955年

1959年

1960年

1961年

1962年

1963年

1964年

2月3日
3月4日
××月××日(1)
××月××日(2)

1965年

1966年

1964年2月3日

敏:

〈残〉

原定我们十七号到邻县,因在太谷加演了一场,为了满足那里的需要,推迟了一天,心里很嘀咕,恐怕大妹按原计划去邻县找我(因为邻县离她们那较近)。廿八号我们刚到邻县,我还正长着装台,忽然一个中尉到台上叫我的名字,并说:你妹妹来了,在等着你呢!我立即穿上棉衣,往外跑,大妹老远的就叫我了,当时真不知说什么好了,由于日程的紧急,只有先将大妹安排在宿舍,还得回去装台,心里也很着急。大妹的到来实在不巧,正赶上我们长。中午部队请我们吃饭,走进食堂,我们的女同志已将大妹领进食堂,旁边给我留了空席。这顿饭,可以说解解大妹

的馋。吃完饭我又去装台了，秘书已经给大妹安排了
住处，但大妹在5点的时候到舞台找我，要当天走，我
的意见是住一夜，第二天上午我到车站送她，并可以
谈谈家常。实在遗憾，我们没有倾谈，便暂时分手了。
她说春节准备到太原再找我，她走后，同志们都说我，
为什么不让你大妹多待一天呐！

现在我们住在太原的郊区，交通还比较方便，不
知大妹在春节时候能来找我不，如果大妹能来太原，
我们一齐欢度春节，也蛮有意思。由于在太原的日程
还没有确定下来，但在太原市住，起码半个多月，但
从整个的日程安排比前阶段稍紧张点，我的身体还
挺结实，这一点请放心，我会爱惜自己身体，结结实
实地和你相会。

弟弟回来过春节了吗？他的情绪怎么样？别泄
气，咱们大家尽力帮忙，我虽然没有本事，但我们可
以委托别人。回京后，咱们齐努力，没有多大事。

我们月底就要到大同去了，在这以前可以多给我

来信，郝队长初三离京，来太原，如果时间来得及，写信请她带来。

在太原下车时，宗古也到车站，也接我们去了。他们就在市内，现在也找到了朋友，搞得挺热火，没谈到何时结婚，看样子，他心情挺愉快，本来他想春节回京，但他妈妈已由陕西回京后，又到东北去了，所以他就不回北京了，他还没有见过虹虹的面，很想看看咱虹虹，我给他看了照片，他很吃惊的。说，这么大了，真快呀！并摸着自己的脸，好像千丝万缕再想起往事，是呀！这是人之常情。

时间关系，以后再写。

祝愿你佳节愉快，虹虹胖，快快长！

并向爸爸妈妈拜年！代问弟弟、小妹春节好！

你的骏伟

2月3日

1964年3月4日

依敏:

你好！托老李带的信和衣架全收到了。正巧，那天大妹和郑君也来看我，事情是这样，在我要离军部时，大妹去那里找我，如果她晚来半小时，我们就全搬走了，她就扑空了，我们一齐乘汽车到了城里的军区招待所，又赶上我们集合，让她有时间再来找我。本来她该回矿上，经她的组长同意，让她留在太原同时让她请假出来，结果我们在太原见面了。上个星期二我们还一同去找了大表哥和表嫂，表嫂听说我们来了，是请假回来的，非常热情，家里收拾得非常整洁，回来后就要给我们包饺子。由于时间关系，我要走，大表嫂似乎很遗憾，留不住我，无奈的，我先走

135

了。大妹她们第二天回介休①。本来今天约我回家,但是我没有去,原因是离我们住处太远,交通不便,再说今晚我们要拆台,明天离开太原,所以今天的任务是一要给你写封信,二要休息一下,不然吃不消。他们一定在家等着我,实在抱歉,我不能去了。上次我是借自行车去的。

习宗古回京时,由于仓促,没有来得及给你写信,他是临时决定去北京的,所以没有给你带信,请见谅。只是请他将大妹带来的小米带回京。他到家里去了吗?见到虹虹没有?他很喜欢咱们宝宝,连声称赞,做爸爸的听了,自然痛快光彩。你说不是吗?

在太原时我托宗古在市上买了点枣和核桃,回去后,这是给你的见面礼,亲爱的,你太瘦了,我真心疼你,有时我在街上经常到中药房里看有什么补药,好给你买点,本来想叫宗古搞点鱼肝油或是中药,不

① 介休市位于山西省腹地,太原盆地偏南。

巧他走了,但他经常回北京,我可以托他在晋慢慢想办法。

　　大妹给了一匹花布,说是给虹虹或是你,她也给你写了信,我就不说了。

　　明天我们就要离开太原,4号可到大同。根据目前日程,三月十九或廿日可回京。但中间是否还有变化,只有上帝才知道。但是可以肯定不会超过三月廿五号咱们就可以团聚了。

　　那个消息,你应该早告诉给我,你不知道我多着急。

　　〈残〉

骏伟
3月4日

1964年××月××日（1）

爸爸妈妈问你好！

我亲爱的骏伟：

　　你好！知道你回京的日期，我高兴极了。正像你说的，这次出差日子虽然短，可总觉得日子很长，连我们的宝宝，在小脑子里也会经常出现你的影子。星期日接回家时，看着相片，就说起来了，我的爸爸上班去了。虹虹对家里可有感情呢！星期天接到家，一进姥姥家的门，就非常熟悉。一听见门响，她就从里屋跑出去说，姥爷回来了。可是别人开的门，她就说姥爷没回来。虹虹晚上躺在床上会说很多小歌谣，并且还连声叫妈妈、妈妈，一会儿，她让我叫她虹虹。她说妈妈你叫我虹虹，我就得叫她虹虹，她就不断地答应我。

138

虹虹回来，我还是没病也给她吃些小药"至宝锭，保元丹"。虹虹对吃药很感兴趣，吃完一个还要，可是我不给她了。从开学后，上星期六是姨接虹虹回家的，中午接的虹虹，因我下班晚了，怕虹虹着急。下班后人也多，小姨接过虹虹两次，上星期一是小姨送的，这个星期一是姥爷送的。早晨我就上班去了，虹虹还睡着，可是醒来，就要找妈妈了。不让姨穿衣服，一会儿就好了。

〈残〉

依敏

1964年××月××日(2)

亲爱的依敏:

　　你好,辛苦了! 三十一号的下午到达了太原,晚上转来了你那令人激情难以抑制的信件。我看了又看,读了又读,在床上想尽一切办法,但都没能使我平静下来。虹虹,你,好像昨天咱们还在一齐亲吻着,想的太多了,时间像蜗牛一样的慢,算了算,离开北京,离开亲爱的你和宝宝才十多天,还有一个多月呢! 多么漫长啊! 心里凌乱,直到深夜,才迷糊地进入睡眠。

　　本想第二天一早就给你回信,但由于许多事情,要进城回访省市的文艺单位,晚上又要参加欢迎我们的晚会,干着急也没辙。二号要装台,晚上演出,更无法写信,心想,春节前你是接不到我的信了。拍电报

140

吧，又怕你们虚惊，真巧，我们的秘书李凯回京有事，只有请他将我们的情意传递。

你们已经放假了，确实需要好好休息一下，你那消瘦的身躯，真叫我放心不下。如果我在家，还可以管管你，现在我不在你的身边，你应特别注意身体，好好地将时间安排一下，充实充实，以休息为主。咱们家先别忙于整理，说到这儿，应当谢谢小妹给买的碗柜，这真是走运，事事顺心，这样咱们家自然整洁得多了，回到家轻松、愉快、幸福。虹虹在屋里活动的地方也一定会宽敞些，虹虹就该开碗橱的小门，自己拿糖吃了。

〈残〉

骏伟

1955 年

1959 年

1960 年

1961 年

1962 年

1963 年

1964 年

1965 年

4月1日

1966 年

1965年4月1日

(凉鞋已给你买了红色的,有的说颜色不好看,你喜欢吗?是红色,翻皮的,样子挺好,如喜欢就算了,若想要其他颜色速来信,我去换。)

心爱的妻子:

想念你! 今天我们休息,趁这个难得的机会,到弟弟那里去了一趟。可真远,比北京到通县的路程还远些,从驻地9点钟出发,到达那里已经11点了。进营门又是那么困难,给他们学习班打电话也一直没打通,足足让我等了一个多钟点。东西两个大门来回找,吃饭的时间已经过了,最后终于找到了这个单位。弟弟看了小虹的相片说,和他见的时候又有些变了,长这么大了,夸起口来,这孩子真听话,一点不闹

144

人,惹人喜欢!

　　昨天我接到了弟弟一封信,他本打算星期天来看我,由于大搞卫生运动*,不放假了,所以没来成。恰好,我们今天休息,所以决定到弟弟那儿去一趟。他们的课程很紧张,前两天测验了一门课程,"直流电"弟弟考了个4分。现在正学三角,担任着学习小组长,我们正在谈着,有个中尉,大概是他学习班的班长吧!在屋内说:穿好服装到礼堂听报告去。有的人在忙着穿衣。弟弟请了个假晚到一会儿,我说:不用了。1点10分我走,剩10分钟呀,你去听报告。时间到了,弟弟非送我到车站不可,离汽车站还有二里路呢。这怎么行,无法推辞,一直送到上车后才走。也巧,他昨天刚买了两筒罐头,叫我拿在路上吃,我说算了,要不我带回家再吃吧。回家吃团圆饭,旁边有个小鬼,他悄声地对弟弟说,我那儿还有两筒,一齐带走吧!结果,回来增加了四公斤的重量。弟弟准备星期天进城,到军人俱乐部去看我们演出的《三

145

八线上》①。他准备找两个同志一同来。

谈话中谈到了小妹的升学问题,说:小妹现在还没有确定考什么?这怎么行呢?现在距考学的时间不能算长了。怎么还没有一个明确的志愿呢?一会儿从医,一会儿又外文,又想考文科,你应当提出你的看法,供她参考。大妹也有这个责任,这是个关键问题,当然也应结合她个人的兴趣。本想给小妹写封信,谈这个事,又想,好在不几天就回北京了,回去后再面谈这个问题吧!

亲爱的,你一定什么都准备好了。等待着咱们的相逢。我在上海写给你的一封信收到了没有?那个回京的日期已经作废了,由于热情的上海观众对我们只演五场很有意见,不得不再增加两场。两场就要晚回去两天,对我们这些北京有家的人来说,当然会有点儿……急于回京的心情,普遍得很。但是工作任务是首要的。这样一来,回京的日期延迟到十号走,十

---

① 《三八线上》是1960年根据人民解放军火线文工团集体创作的同名话剧改编的。以抗美援朝战争为背景的,歌颂中国人民志愿军英勇作战的故事。

一号到。有的同志提意见说：七八号加演两场，九号装货车，下午就走算了。何必再停一天呢？这样的意见不少，我当然也是赞成九号走的一个。现在最后确定，九号下午6时走，14次特快，十号的晚上，11点左右到达北京。十一号正是个星期天，吃过下午饭后，若大妹回家，你可请她再帮助整理一下房子。另外，你可事先给小西天打个电话，问问，十号是否能到，免得你一个人在屋里坐卧不安。注意宝宝别着凉，千万不要冻着孩子。也别到车站去接我，挺晚的。

现在的计划是这样确定了。如有变化，我会告诉你的。耐心一点吧，我最亲爱的妻子，把孩子该用的东西都带着。

九号由沪出发，十号晚上到北京。亲爱的再见吧！

有时间的话，给我回信。目前很需要。

祝健康！

你的骏伟吻你

4月1日

一切为了人民健康

——毛泽东

毛泽东题词"一切为了人民健康"

1955 年

1959 年

1960 年

1961 年

1962 年

1963 年

1964 年

1965 年

1966 年

××月××日
3月21日
3月××日

4月13日

5月5日

5月23日

6月28日

7月4日

8月10日

8月30日

9月6日

9月26日

10月12日

10月20日

10月21日

1966年××月××日

依敏亲爱的:

你好!信早就接到了,心里也一直惦着回信的事情。可是由于长,同时按照你所说的:"长就先别写信,多休息一下"的指示照办的。因此一直拖到今天。但是绝不是因为这句话而推迟复信的日期,确实近来比较长些,这是主要的。

五一节的前后,你一定很长,学校的事、工会的事,加上咱们的小乘要入托,长得够呛吧?千万注意身体,虽然有小妹的帮助,阿姨走后,你会增加很大的精力和劳动强度,这也是我经常想的问题。最近身体好吗?腿上的局部麻木现在好转了吗?脖子上的小疙瘩有无发展?这些虽然不要过于敏感,多想它,但是若有些不舒服还是应当及时地去检查检查。门诊部还是挺方便的。思想上也不要当成负担,思想一成负担,对一些小的毛病也会加重,或治疗受到影响,总之对身体还是要注意,我也不在身边,尤为重要。

五月二号的晚上,我怎么睡也无法入眠。翻来覆去地想:小乖送去了没有?衣物准备得怎样?怎样送去的?孩子闹了没有?等等问题一涌而来,我的头都变得有点发大,头上抹了几次清凉油也是睡不着。我所想的是,孩子在家晚上睡觉晚,到那儿之后,7点就上床,一定不习惯,但是又想,这小子也许很新鲜,见人家睡,他也能适应。和小朋友也可能合得来。又想,今天二号,人家托儿所放假休息,也许还没有送!总之想得很多,那天晚上没有睡好,第二天的精神实在有些疲劳。

五一节过得一定很累。两个乖全你管,回姥姥家了吗?虹虹现在还听话吧?孩子大了,不会惹你生气了,如果有点小矛盾,你给她讲道理,相信咱们虹虹不是不懂道理的顽皮孩子。

　　今年的五一节,北京一定很热闹,国际友人估计不会少。谢胡①为首的阿尔巴尼亚代表团在京与我国劳动人民欢度节日。一定有新花样的礼花。虹虹和小乘看放花怕不怕?你们晚上几点回家的?人一定很多车子挤不挤? 一定累得你够呛。

　　我们五一节过得也挺好, 这一天我们机关工作组全体出动做了两天饭。村里的社教②队员今天回公社共度节日,改善一下生活。赵端掌勺,我烧火,老刘(刘导演)挑水,朱树联等人切肉、菜,做的是红烧肉、茶鸡蛋,真是大会师。几天不见有点想,都有点变了样(猜瘦了点)。村里的生活比我们苦得多。这里的农民根本不吃菜,主要是盐、醋、辣子,主食比我们也差。面虽占主要的,但杂粮也是不断。故借今天集中

　　① 穆罕默德·谢胡:时任阿尔巴尼亚总理,信仰共产主义。1966年访华时,中方安排首都北京百万群众夹道欢迎,盛况空前。1966年5月,中国爆发"文化大革命",阿劳动党成为世界上唯一一对"文革"表示支持的执政党。

　　② "社会主义路线教育工作队"*,时代背景为1963年、1966年的"四清运动",一开始在农村中的"清工分、清账目、清仓库和清财物",后期在城乡中表现为"清思想、清政治、清组织和清经济"。

改善生活,分两天,因人太多,我们全组长了两天。我们这两天都吃的肉,平常我们有蔬菜,虽然贵点,但总有菜吃,每日两餐,总是馒头或面条,当然比家里的水平稍差。但在这个地区,我们还算是天堂,我们住的也好,我住在学校,房子比咱家还宽敞,有桌椅,村里的同志住的有窑洞,睡的是土坑。有的在破房里住,有的还在牲口棚里住。这样比较,我们真是天上,所以在吃、住方面,你就不必操心,条件确实好。这里的农民也是很艰苦的,他们没有吃菜、种菜的习惯,所以咱们一些工作队员在饮食方面真有点不太适应。现在队部偷偷给他们买点咸菜捎去,晚上吃点馒头就点咸菜吃。

〈残〉

骏伟

粉红色的爱:浪漫

＊社教工作团工作队员证

156

1966年

1966年3月21日

依敏：

　　我们于20日晨8点平安地到达第二个点宝鸡，行李由汽车运往住地，提包脸盆由个人带，步行约四华里①的路程，队伍浩浩荡荡，一路上歌声此起彼落，真是热闹，沿街的行人都不得不停下观望，来了这么多解放军，他们会感到奇怪。到了驻地，都是满头大汗，倒不是累的，而是这里的气候比北京暖和得多，到处桃红柳绿。

　　我们现住在工人文化宫，每个房子要住七八十人，大通铺，麦草铺地，看来带狗皮褥子还是非常对。到了农村不会比现在的条件好。在宝鸡待20天，预计

----

　　① 一里等于500米，一市里和一华里一样都指500米。

四月十日下去,现在我们的伙食很好,全是大米白面。据当地人说,陕西主要是产麦区,我们到的那个县也是同样,估计是80%的细粮,20%的粗粮,每天伙食标准8角,上面补助,到了村里当然不会这么好了,这大概是先让我们打点底子,增加点油水吧。我们这两天还在一起,后天,也就是23号,就要和地方合编成小组,住到一块儿去了。据说和工业大学的学生,目前的情况就是这样。

上个星期天过得怎么样,累得够呛吧!虹虹闹了吗?给她讲清楚,女儿还是听话的。

二乖准备什么时候送去,检查身体了没有,尽快地办好,四月份的粮票领了没有?只要条没丢,到四月份去,后边的粮店也还可以领,这倒没有什么问题,主要的是将小乖的衣服、被褥让阿姨帮长尽快地备齐,该买的就买,鞋子不合脚就先买一双,乖子在穿上够节省的了。

另外和阿姨的关系搞好一点,反正要分开了嘛,叫她愉快地离开咱们。

因为我们还要合编，所以驻地还没定下来，你先别给我回信，等我们住定后，写信告诉你，再给我回信吧。

我们学习很紧张，每天7小时的政策学习，席地而坐。

你告诉爸爸妈妈说我在这儿一切都挺好，特别是吃的都挺好。每天1斤4两，头一天吃的是真多，今天吃了一斤，每天就是学习，没有别的。身体也挺好，很适应这里的情况，请他们老人家放心。

另外可以转告小妹，先安心地学习，别考虑工作等，别分散学习注意力，集中思想先学军事是主要的，我就不多给家里和小妹写信了。

因为我们的时间比较紧张，写封信还得抓时间，所以不多写了。

粉红色的爱:浪漫

代向季大爷、大娘问好!

代向阿姨问好,感谢她辛苦地带大小乘!

也没桌子写得很乱,再谈吧!

骏伟

3月21日晚

1966年

1966年3月××日

依敏：

　　昨天下午接到你的信，实在高兴，老实说，这几天总计算着该收到家信呀，天天盼、想、算，昨天盼到了及时雨，如饥似渴地看了一遍又一遍，临睡前又看了一遍。结果躺在床上翻来覆去怎么也睡不着了，如果不看这一遍是不是就能睡着呢？也不会睡着的，心里总惦记着再看一遍，结果躺在被窝里想呀，想着迷糊过去了。

　　家里的情况大致地了解了，因为刘沐子前两天刚从北京来到这里，讲述了家里预防地震①的狼狈相，家里这样预防还是对的，不怕一万，就怕万一，咱

---

① 1966年3月8日5时29分，河北省邢台地区隆尧县东发生6.8级强烈地震，北京震感明显。

们七楼的地基不太好,再说团里的干部都外出四清①,演出去了,万一出点岔子,总团责任很大,麻烦一点比出差子要保险得多,这样做是有道理的,那些听了觉得好笑,只是从表面现象看事,她们体会不到首长对干部、家属的关怀、负责,你的看法还是对的。留家的人对家属想得很周到,如果我们在家就不会这么折腾。

由于天突,你和乘都受惊了,也吃了几天苦头,没有休息好。当然对乘来说,他倒感到新鲜,有意思。那几天我还想,小乘在托儿所,那儿的房子怎么样?还担心呢,结果还没有送小乘呢。

由于托儿所修房,暂时不能送,这样也好,再等半个月,天气也差不多暖和了,阿姨倒也不错,不知你怎么给她讲的,是否给她全薪了,给全月工资也可以的。等四月中或末将小乘送入托后,让她给乘子改洗点夹衣,整整家务,咱们对她要注意方式,别临别

---

① 四清运动,见前文注。

走啦，闹得挺不愉快的。再说这个人还比较正直，手脚干净，即便咱们多给她几块也是应当，把小乘拉扯了这么大，我也知道要换心，也不是一件容易的事，总之让她高兴点。

小乘没有送去，薪金是否先扣了，如果扣了，到托儿所讲清，下半月送应扣一半，也就是说，保育费应收一半，保育费交全费，伙食费交一半，你明白我的意思吧？虹虹的被子是否该给孩子换了，那个被子太重也太厚了，这些你会安排的，只不过提一下，家里我是放心的。小乘的衣服、被褥等，该缝名字的该着手办了，别临时又长手不及了。送小乘时，最好你请个假，或是叫她小姨去，就和他一起，和小朋友玩。玩的当中溜走，他和小朋友是能玩到一起的，别送到那里，阿姨一抱就进去，他准不干，一定要想办法。

你的工作也是很累的，一定注意身体。该拆洗的分着拆洗，别洗起来就没完、没头地干，家里的事情也不少，都由你一个担负，所以要特别注意身体。

163

　　你和小妹看都队长了没有？你若没有时间，就让小妹自己去看看她，别带什么吃的。给她买点鲜花，单技的或花盆的都行，说明我临走前没去的原因（以后我写信给她）。你有时间可以常去看看胡娃娃，问问小五的情况如何帮助他学习。

　　我们在宝鸡这一阶段主要是学习党的政策，每天还是挺紧张的，就在地铺上一坐就是半天。

　　〈残〉

骏伟

1966年4月13日

依敏：

你的信前几天就收到了，近来实在紧张，晚上再加上演出，简直长得够呛，个人的时间太少了，所以没有及时地回信。

原定四月十一号入村，因为地方上一批同志都是连着搞一期或两期的，长期在外工作，领导上特照顾他们，放四天假，回家探亲，所以我们就延期入村了，也就是十六日我们离开宝鸡到千阳。本来准备在离开宝鸡前一天给你写信，可巧今天吴夷就要回京，所以临时撕了张纸就写了这封信，原因是我们在装合，信纸在家，就在随身带的本子上写开了。

我们是公社机关、企业、卫生、文教单位的社教工作，但我重点负责，虽然没有明确宣布，但也基本

165

上可以清楚的，因为在讨论问题时说到有关学校就让我记一些问题，所以说基本上明白了任务的重点是文教系统。我们公社有一个农中，一个完小①，九个初小②，十多名教师，任务还是不清楚，和知识分子打交道不是一件容易的事，但是也没有什么。学校社教主要是革命化的问题，学校的当权派并不多，校长、教导主任、事务主任，依靠政策、群众、领导，相信是可以完成任务的。赵端远让我问问你，关于老教育方针措施，有哪些指示，当然也不可能一样，农村是半耕半读，你了解多少，可以给介绍多少，有什么文件的精神也可给提示点。明天我准备到宝鸡地区文教局去索取点文件，同时请他们有关人员给讲讲这方面的知识，一点不通会被那些知识分子咣住，但是请

———————————

① 完小，完全小学的简称。在以前由于师资、经费、生源以及人口分布等原因的综合作用，有许多小学不是一到六年级(以前是五年级)都有的，而只有其中几个年级；有些大的小学才有完整的从一到五年级这样的小学才称为完小。

② 初小*：20世纪五六十年代凡读完小学四年级经考试合格的颁发初小毕业证。读完六年级的成绩合格者的拿到高小毕业证。

你放心,对待他们我并不胆怯。

小乖准备五月份送,我也同意,我的意思是给孩子准备好衣物,现在小乖的身体还健康吧,在家里饮食就是不正常,会影响孩子的发育。阿姨并不是不好,也疼孩子,问题是没有这方面的常识和经验,咱们对孩子也是管理得没有准,送托儿所还是正确的。这不仅是解决经济上的问题,更主要的是孩子成长,长远利害关系的问题。再说阿姨也并不是像有油子那么调皮,根据来信说的情况看,这人还算不错,主要是为了孩子,你给她全月工资,说清了五月送,就五月送,如果五月中才收的话,再给她五月份的钱,多给几块,我看也没啥,可以给你帮帮大忙。总之,我非常放心你对家里的安排,主要一点,就是别让阿姨走得不高兴,本来不错,结果来个不愉快没有什么好处。

虹虹怎么样?惹你生气了没有?对孩子要多教育,讲道理,使她成为懂道理的小孩。孩子今年就要上学了,所以要注意教育她,别跟孩子发急,你别不

167

爱听我这样说,不相信你问问小三,如果不是这样,算我没说好不好,哈……

昨天我们这里给团里打了个长途电话,有的人要从北京带些东西,我没有登记带什么东西,如果他们有人问你给我带什么不?你就别给我带什么,我什么也不缺,这次你给我准备的挺齐全,被里睡觉也不冷,这就是我最大的愉快,要感谢我的贴心人啦。

吴夷琥同志给你带了这封信,我走之前就不再给你写信了,她因为怀了孕,下去后肚子越来越大,农村对怀孩子也不讲究,劳动活照干,出了问题也不好,有孕不劳动影响更不好,所以只有回京,当然她思想上压力很大,这样的机会失去了。

关于三的事现在如何,郝队长只说和北影的说了,如何去联系?进行得怎么样了?但是还要让三踏踏实实地学习,这是最根本的一点,目前来说家里还有这个案件,别让孩子增加其他顾虑,只有去安心地学习本领,以后工作才能挑得起。你可以常叫他来家

168

吃饭,天热了中午就到小西天午睡,游泳的事可多可少,是可以放松一点的。有那时间倒不如多画几笔,舞美队组织,是可以不参加,这不是什么问题。天气逐渐热了,要特别告诉小妹,千万注意安全,更不能带虹虹去玩水。

请看背面有点事

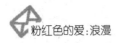

关于骏逸的信我看了,他的地址下次来信写来,你也可以给他写封信,告诉他我已参加四清去了等情况,以示对他的关心。

好像有许多事要说,当然一次说完是不可能的,以后再谈。

你近来工作够长的吧?应注意休息。你们班的那些小将们有进步吗?对他们必须从思想教育着手,以事论事,只要求作业,听课要注意听讲等。但从这方面要求是不行的,一切问题都要经过分析,调查研究,抓他们的思想,组织学习毛主席有关文章,让他自己讨论,联系自己,进行批评与自我批评。当然这方面你是比我有经验的,他们的思想有进步,会给你减少许多麻烦和疲劳。

家里的事不会少,这都要有安排地去做,注意休息。妈的病,精神都还好吧,她舅妈快到产期了吧,要告诉妈别太着急,着急对病没有好处,急也不顶用,对家里的那个老太太别太不客气了,那样不太好,对人家应有同情心。那么大年纪了，有事慢慢讲，谁都不那么客气，能对付过去就行了。

好啦，不写了，这信我还得跑回去请她带去。我们正在舞台，演出倒没有什么可装的东西，现在剧场正开会，所以有这个时间写了封话，想到哪儿写到哪儿。

身体健康、愉快

骏伟 于4月13日 下午

在社教这个期间，请你不要给我寄照片，谁的照片都不要寄。因为有的人刚到这儿，就收到了照片，影响非常不好，特别是地方上反映。人家在外都一年多了，咱们刚离开家，就寄照片，思想上好像小家庭反映得较强。因此，党内、组织上特别谈了这件事，咱们别叫当典型批评。

切记：

全家的照片和你的，我全带着呢。想你们时，我可以拿出来看看。

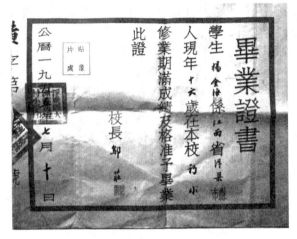

＊初小毕业证

1966年5月5日

敏：

〈残〉

　　这里的气候真是西北高原的味道，至今棉袄没有离身，中午可以脱一会儿。但走进屋后就得披上棉衣或绒衣，我身体保护得挺好。上个星期因为没有注意，跑回来就吃饭，饭后胃稍有点疼，立即吃了片药就好了。就像爸爸说的：觉得有点不舒服就吃药，防止发展。我就是这样做的，因而没有引起发作。是的，我不会大意，你放心吧，亲爱的。

　　托人带来的暖水袋和寄来的书都收到了。上次朱文心还说："小梁比不了，没有让带东西。爱人把暖水袋给捎来了，真是关心你。暖在身上，热在心上。"哈！真会开逗。

173

　　昨天五四青年节,我们组织了庆祝会。农村的青年会集到公社,在学校开了会,农村业余剧团又演了节目,文工团的同志也演了几个节目。晚上放映了电影《地道战》①。这个片子又引起我的回忆。在排演场我领着小乘没有看全这个电影,今晚我们没有看,想起了小乘学那个小日本的动作,真有意思。小乘入托了吗?孩子入托这是件好事,我们应当高兴,当然刚送走,是有些不习惯。孩子当然也是这样,所以不要过多地想小乘,将思想集中到你的工作上,慢慢地就习惯了。再说虹虹再有两三个月就该搬回家住了。依我说,这是个习惯问题,咱虹虹一周岁多就送去了,现在不也挺胖的。但是有一件事,以后你给托儿所谈谈。小乘在家时爱和人打架,特别是爱咬人,这要叫托儿所的阿姨注意,也以防别的小朋友打他。和托儿

---

　　① 《地道战》*是1965年八一电影制片厂出品的战争电影,由任旭东执导、朱东文主演,于1966年元旦在全国上映。地道战的故事至今仍是家喻户晓、版本层出的经典。

1966 年

所的阿姨熟了以后，还可以谈谈。虹虹的脸上留了两块疤，对小乖要注意，别把孩子摔伤留疤！这是我所担心的，因为小乖这小子挺爱闹，又爱跑。要请阿姨多留点神，当然和人家谈时要注意谈话方式，请人家多操心，千万不能将虹虹的事过分强调，事已经过了，也已经那样了。再说就显得我们那个了，本来托儿所对咱们是有歉意，同时都称赞咱俩对他们不错，再说咱们小乖又来到这里，他们会对小乖有好感的。加上虹虹在那里就是红人。

说实在的，依敏，这次外出与往常真有不同，特别想你。这次预先准备的照片，我经常取出来看，说句老实话，有时思想总有点开小差，走神，你呢？亲爱的，也是这样吗？

我在这里一切均好，什么也不需要。你和孩子们的相片也不要寄。若要寄的话，也别在信封上注明，怕折，以免影响别人说。刚来几天，就寄这寄那的。依敏：如果时间允许还是写信给我。

175

关于三①的事,你去问郝队长了没有?是不是人家了解街道,街道对三有什么反应,影响了北影的事。这只是我猜测,不一定对,也不应该这么猜测,如果郝队长给他们读了，三可以请郝队长写个便条和信,小妹自己去找一趟,北影或其他地方均可。这就需要自己多跑点路,但是要告诉小妹,一定别着急,在没有找到工作之前一定安心学习,如果自己觉得在舞美队总待着学习不好的话,就不在那儿学,就在小西天,自己学习画画,请小秋指导指导也行,总之安心学习,这是主要的。工作以后这也是一门专业,不可荒废。就此停笔,吻你。

问候爸爸妈妈好!

代问小妹好,就说:让她安心学习!

骏伟吻

5月5日

---

① 三,指依颖,依敏的三妹。

* 电影《地道战》

1966年5月23日

依敏:

　　你的信早已收到。没能及时地给你回信。因为平时比较紧张,没有时间。只有抓星期六的下午(一般星期六下午没有什么活动)因此每次复信总是晚几天。

　　每逢星期六,无意之中就使我想起许多事,想你和咱们的小宝们。每逢星期六你在家里如何长,是先接大乖还是先接小乖呢等等。家里的一切反复地在想,甚至晚上的睡眠都要受些影响。

　　见到你的来信以后,真是令人高兴。你真是我的贴心人,真理解我。我所想的和想要知道的事,你都说得那么详细、清楚,更高兴的是,你在家安排得那么细致、周到。咱们的大女儿变得那么懂事,你送小乖,她在家并能帮助你做事。看到这里真有说不出的滋

178

味。这种幸福之感你我都更加体会得具体。妞儿今年入学我没能亲自领着她第一次踏入校门,感到遗憾。

小乘入托确实是件大事。在人家那里吃睡都正规。咱们小乘有人缘我相信,在小西天已说明了这一点。无论大人小孩没有不逗小乘的。那小子又爱闹,在托儿所又有玩意儿,会玩得挺好。托儿所说的那些我相信不会假,保育阿姨们也喜欢他。是不是在赵阿姨那个班?一定要告诉她们注意小乘的安全,接受虹虹的经验教训。当然在谈时强调咱们小乘调皮,使他们注意。爱打架、咬人,提起他们注意,同时也就是使他们注意到有其他孩子打小乘。星期六接小乘,最好别带着虹虹,叫她在家等着。星期六车特别多,抱一个,领一个,照顾不到出了事我们得悔恨一辈子。

星期日带着两个小宝回家更要注意安全。过马路时一定要拉住虹虹,别由她自己躲车。在这方面我知道你很细心,但是我心里有这件事,总愿意说出来。

我在机关社教工作组一切都挺好。我住在学校,

两个人一间小屋,比咱们家的房子还宽敞,睡的是床板。有办公桌椅,吃的是食堂,喝的是茶水(在这里买的茶),饭菜虽说比家里差点,但比起他们生产大队、小队的饭菜还是有天地之别。下面吃饭根本吃不上菜,这里不出菜。老百姓根本没吃菜的习惯。我们每顿饭好坏总有点菜。有时还能吃点肉,下面的同志有时病了,或其他原因,都轮着来我们这里改善一下,吃点好的。原来每天吃两顿饭,现在改为三顿,全是面食。早上馒头,下午面条,晚上面或馒头。大家想喝点粥之类的,这里包括县,不产大米,准备到别的地方买点大米,所以这两天吃饭煮了些玉米粥,大家都挺爱喝。下面吃的确实比我们这里艰苦,有的吃高粱面大便干燥,从这些比较,我们还是生活在天堂,所以无论吃什么都觉得香,比他们强。每顿饭我都吃6两,一天吃一斤半。按标准完成了任务,我没有见瘦,你放心吧。工作方面虽然紧张些,主要是学习、开会、走路,没有什么体力劳动,恐怕收麦子期间要参加割麦子。领导上也一再强调"按实际情况出发，量力而行"。在机关组的大都是老弱病残，但又能领导这批"有知识"的人进行社教。

我们学区总共廿三个教师，一所农中，一所完小，八所初小和十七八个耕读小学(其他教师都属大队管，也就是民办老师)，就是农中和完小比较集中。其他老师都在各生产大队，因此再个别发动、谈话、开会，都要走很远的路。现在走路已经很习惯了，也锻炼了身体，我回去后你就会知道了。

你也要注意自己的身体，时间上要善地安排，别把身体累垮了。注意多喝水，买些茶、水果，咱们的开支少了阿姨就省多了，更要注意些身体，该花的就花。你也该添件衣服了，孩子平常不在，有时间上街看看，喜欢的就买或做。别等到该穿时拿不出一件来，咱们过去也不知道做件衣服，要在夏季时准备秋、冬的衣服，孩子的衣服也是如此。先别考虑我，主要是你和两个小宝的。那件呢大衣拆了染了，去做件

夹大衣(在柜子上那只箱子里)。你的棉裤也该动手做了。

　　小妹的事情,除了找郝队长外,我说,你有时间找一下赵了解一下,别使人觉得我们瞧不起他,也可以谈话中托他帮助小妹找工作,真要是有机会,他也会帮忙的。主要是其他文艺单位,让小妹安心学。上次我已说过,如果在队里学不好或不方便,在咱们家学画画(当然这是不得已时)。夏天到了,游泳的日子该到了,小妹不一定跟着人家整日去游泳,要在人家游泳时间里多自修,不能和人家比,我们要抓紧一切时机去学习,当然也要注意身体。

　　从来信中知道莲岚生了个女孩,咱俩在看那张表中已表明是个女孩儿,现在家里,以后孩子放哪个家?还是那个老太太给帮忙吗?治东回来了没有?满月时咱们给买点什么,怎么送法,我也没在,我回去是否还给买东西?还是这次你买时就说,我写信叫你代表咱俩,向她表示祝贺,买些实用的,而且有保留价值的东西，你是否看看给买些算了，或者叫小妹陪同去买，顺便给小妹买点东西，或是给小妹不买，等我回去后给小妹买点东西送给小妹。

你给我寄来的书本已收到，和现在情况看来联系不上。目前我们教学的工作主要是学毛著，思想革命化和教育的改革工作。这里的教师很艰苦，自己做饭，初小老师全是复式，都是四年级复式，很辛苦，现在加上每天开会，到集中的点上集合，走很远的路，我和他们的关系搞得还不坏，城市的教师再艰苦，我看比起这里还强得多。教员们吃的饭和老百姓一样，清水煮面，里面放点盐、辣子、醋，比较好的，里面放几根韭菜，薪金极少。我还没有吃过他们的饭，以后要吃吃他们的饭，实行"五同"①来做好工作。

像说话似的想到哪儿写到哪儿，还有许多话想说，没有时间了。这封信是从星期六开始写的，今天

---

① 部队上的"五同"指"同吃、同住、同劳动、同操练、同娱乐"。

已是星期一了。因为事情特多，凌乱，昨天星期天，邮递员休息没来。今天他来，将信集中到千阳，明天从千阳再送到宝鸡随火车到北京。我们离县城30里，离宝鸡90华里，我们这里可以看到晚一天的报纸。这里有几个同志有半导体收音机，所以没有必要再花钱买一台，告诉爸爸妈妈咱们不要了。回到北京没啥用，以后市面上会大量出售，买个人做的，质量不保险，厂子里的出品要经过检验。要买的话，以后买正牌货，现在就别买了，爸爸真为我操心，还在想着给我搞台半导体收音机呢。爸爸对我真好，妈现在精神如何？有了外孙儿外孙子一定很高兴吧。想谈的事太多了，以后再谈吧。亲爱的：你快给我来信，问爸爸妈妈，治东，小妹他们好！

骏伟

5月23日下午写好

1966 年

1966年6月28日

亲爱的依敏:

　　你的来信早已收到。由于总结我们第一阶段的工作,所有队员二百多人全都集中在公社开会,集训长达9天之多。在这9天里,整日开会、讨论,两个屁股蛋坐得都有点疼了。再说这里人多,时间少,故迟迟没有给你写信。昨天(六月廿七日)总算结束了会议。今天休息半天,这才写了这封信。

　　接到信后,首先想到的是照片。拆开之后真令人高兴,正像你说的那样高兴得笑出声来。说心里话,太想你们了。我把相片夹在我的学习本里,有时间就偷着拿出来看看。因为照片太小看不太清你的面孔,所以本内也夹着咱们那张全家福的大照片。有时在回学校的路上也取出来解解渴,心里确实有些乐滋

185

滋的。

从你的来信中知道北京社会主义文化大革命搞得轰轰烈烈，我们只是从报纸上知道消息，更细致的消息还是通过内线的来信了解点。看样子你们这个假期又该组织学习了吧？你们学校搞得怎样？给领导提意见了吗？现在谁是你们的校长？依敏，在写大字报或提意见时，一定要掌握原则。以阶级分析的观点去整那些走资本主义道路的当权派，揭发那些与党中央、毛主席背道而驰的反党反社会主义的黑线，不应以个人情绪，掺杂个人利益。何承众现在如何？他是属于什么性质的事？提的意见多吗？我对这家伙是这样的印象：是报喜不报忧，实质是欺骗上级。本来校内的团结都没解决好，还搞什么毛著学习报告。另外，在胡主任走后，你校对人家那种谈论，简直说成人家一文不值。事实真是那样吗？值得考虑，总之这位"校长"是笑面虎，表面看着老实，心里毒，踩着人家的脊往上爬，算了，不说这家伙了。

我们这里的文化大革命也不例外。许多地区的教师头脑里的资产阶级教育思想极为严重。也有的是不纯分子在争夺我们的青少年，对学生不从阶级教育入手，不抓学生的思想教育，只教书不教人。只管课堂不管课外，只管校内不管校外等表现。说明在教育界旧的意识形态占领着文教系统阵地，相当严重，的确危险。

我们工作人员声讨了邓拓[①]反党分子之流。前天文工团的全体单独又对陈进行声讨会，家里常委来电说我们以后回家再补课。清除陈对我们的影响，要进行消毒。目前主要进行社教，将文化大革命贯彻在社教运动之中，特别是对学校的老师，要狠抓思想革命化。对这些老师真有些头疼，嘴上说得好，联系不上，对这些人只有慢慢来。组织他们学习毛著，解决

① 邓拓，中国新闻家、政论家。1945年主持编印《毛泽东选集》，1949年任《人民日报》总编辑、社长。“文化大革命”中与吴晗、廖沫沙一起被诬为“三家村”成员。1966年5月18日，含冤而死。1972年2月，平反昭雪，恢复名誉。

问题。

　　小妹的工作基本解决，我很高兴，总算放了一半心，这确实是今后解决工作的第一步。将来可以舞美队名义介绍工作了，还要督促小妹抓紧机会学习，不要懈气，要多吃些苦，在毛著学习方面也要下功夫，不然我们的思想赶不上形势需要。天气热了，可以让小妹中午在小西天吃饭，睡午觉，免得太疲劳。总之要多对小妹帮助，在言、行上多注意，不像在学校和同学之间的关系。舞美队的环境是那样的，我们要不断地适应，在学习上可以做出个样子。这是有条件的，可以帮助文化低的那些人，这样那些人也会感觉我们可亲。告诉小妹，游泳不要过分，注意安全。这是我的意见。现在开始挣钱了，要注意节约，不要什么都想买。初次拿薪金总是不注意这些，逐步会养成有钱就想花、大手大脚的坏习惯。

　　你近来身体好吗？要多注意身体，咱们的家主要靠你操持。两个小宝贝累得你够呛吧，多注意休息，

188

有时间要抓紧学习学习了。形势所迫,今后对学生的教育都以主席思想教育学生,使毛泽东思想在学生头脑里扎根,因此我们要学在前头。这次文化大革命给你提些什么意见?还没有进行吧?家长们对你有何意见?有意见并不是坏事,更可以鞭策我们前进,适应客观需要,你说是吗?

我们这里的天气并不很热,据老乡们说,这里一年四季离不开棉袄,事实也是如此。前天下了雨,就得披上棉袄,夜里离不开被,皮裤子还可以,并不觉得热,热时可以毛皮朝下,用不着再寄裤子。蚕屎①已装在我的枕头套里了。季团长因嗓子出血说话没声到西安去诊治,总团的意见叫他回京治疗,现在也不知是去西安治还是到北京治。他如果回北京,你见后,可以请他给我带来那条玻璃扣裤腰带。如果不回北京就算了,你也用不着给我寄,我不是急需。如急

---

① 蚕屎,也作蚕砂,通常用来装枕芯,可以安眠和祛火。

需我可以在这里买,我们这个供销社百货俱全,不必为我操心。

从照片中看,你是健壮了。从信中知道治东又给你们照了些照片,下次来信是否将你们的近照寄来。走时咱们借用的缝纫机,要常常蹬蹬,擦擦油,免得锈,这样不太好。

有时我们忙,有时你接不到我的信时,你有时间的话可以给我写。不要非等到我的信后才给我写信。我总想多知道你们一些情况。

时间没有了,不写了。

祝你

精神愉快

注意身体

问

爸爸妈妈好,小妹好

骏伟

6月28日

1966年7月4日

亲爱的敏:

你好! 昨天(七月三日)我因调查材料到了宝鸡市。昨天正好是星期天,满街的人群,川流不息,再加火车头的叫声,真够杂乱的。几个月的农村生活(实际上才两个多月),突然来到城市,真有点像乡下人进京城,手脚都不知往哪儿放了。对这些事物已有些生疏了。在街上吃饭的时候,饭馆里有夫妇俩的,有的带着孩子在用餐。看到这些情景自然会使我想起你和咱们的宝宝。虽然我已经叫过了饭菜,但却忘记了催促在那里坐着"傻"等,一直在想着你们今天在家里干什么呢? 是回娘娘家了,还是像他们一样,为了给孩子们改善一下,在吃着便饭? 是在小西天值班,两个小乖在院里玩耍。沉思着,忽然服务员说:

"同志,你的小笼包子来了。"这才打断了我的思意。抬手一看,已经等了足有一小时之多。吃了饭,办了一下调查工作的手续,天就不早了。

〈残〉

要严肃地对待,认真地检查,通过大革命,使我们的觉悟有所提高。对待别人的意见时要冷静,该检查的就认真地清除回的或摸糊的认识。是什么问题,就说什么问题。主要是我的水平低,是个认识问题,决不会是什么反党反社会主义的恶意,别乱给自己扣帽子,给别人提意见,写大字报,千万不要带个人情绪,分清是非,有什么问题来信商量。要过好社会主义这一关,积极参加文化大革命。

我在这里一切都好,准备后天(七月六日)离开宝鸡,七月八日估计能回到崔家头①。据估计,我回去后能收到你的来信,但愿如此。

---

① 崔家头镇位于千阳县东南部。

也告诉一下小妹，要积极参加文化大革命，要注意别乱开炮，对别人，对自己都是如此。不要还没有参加工作就让人抓住整（也许我的思想还跟不上社会、大革命的发展，只是给你这么讲讲，我会注意地说话，这些别让人知道）。

回信仍写千阳——不要写宝鸡这个地址。

骏伟

7月4日

1966年8月10日

依敏:

你好! 新来的信全已收到,勿念。

有一个多月没有给你写信了。你一定等得着急了,或在想:怎么回事?是生病了呢?还是发生了什么事情?为什么这么长的时间不写信呢? 亲爱的,我没有生病,也没有发生任何事情,主要是工作太长。七月初我主要搞外调工作,宝鸡,陇县等地整天东奔西跑,没有时间坐下来给你写信。回到崔家头以后就接到你的那封长文(信封都被撑破了)。本想立即回信,事情就那么凑巧,县里通知:学校工作组到县里开会,研究暑期集中县里开展文化大革命的事宜。在没有集中之前,各公社学校组先将教师集训,初步掀起文化大革命的运动。开会回来后,立即筹备。学校放

194

了假，就全集中在公社完小。每天的时间安排比较紧，要组织、领导好教师们学习好，首先必须学在别人的前头，就像你备课一样，我的担子是比较重的，我是负责这一摊。为了到县上集训，我们学了几首革命歌曲。我教不好，临时把徐又绍调来教了唱歌，也帮助我做了一些工作，确实起到了一定的作用。这个学期主要由我们自己去安排工作，其他组的同志也是很长，又转入了第二阶段，全面开展四清了。为什么徐又绍能帮长工作呢？她生了病。学校从七月十二日集中，十五日到县里集中开展文化大革命。当时姜野在生病，就长我一个人，十五号到了县城，更为紧张，别的公社都是两人、三人，有的大公社组的人多至六人，而我们公社就我一人，负责十八名师生（学生代表二人），日程、学习，全由我订，真有点抓瞎。军人负责学校工作组的仅四个公社，其他全是地方的同志。这时又掀起大学解放军，我们这些军人临时开了一个会，表示虚心向地方学习，无形中又压了一副

重担。组里经常出现不相识的人,来蹲点、学习,看解放军如何学习,如何突出政治,活学活用主席著作的,搞得我真紧张,我根本没有自学的时间。就我一个人,没法商量,姜野没有来,还生着病。我只有依靠积极分子、依靠群众,发挥他们的积极因素,逐步地减轻了一些我精神上的压力。所以在这一阶段由于精神上的紧张,虽然这里的伙食比公社好得多,但是觉得饭并不香,相反在这几天里体重有显著的减轻。目前已经纳入了正常工作,稍有好转,所以不到吃饭时就有些饿,有食欲要求了,这是好现象,现在饭也香了,觉也甜了。前几天老刘特地来我们这里看了一遍,老苏、老赵也都写信表示问候,他们对不能抽人支援表示遗憾。昨天老姜病后来到这里,目前正在轰轰烈烈地开展,听到了中共中央关于文化大革命的决定,我们用三天的时间学习讨论这一指南之后,向纵深处发展,预计月底结束,也可能延长,时间对我来说无所谓。在这里搞,回公社都是我的工作,在哪

196

里都一样。在这里搞更好。这里的伙食比公社好得多（一月十五元）。

　　亲爱的，就是以上情况，没有空坐那里写信，使你等得着急，这是我的错。今天写的这封信，是抽了三天的时间写成的。我们同房的老常（我们歌舞团拉小提琴的老头）几次对我讲，你该给你爱人写这封信了，总没有信给她，人就为你着急，不知你是生病或有其他原因，写上几句吧。我也本来就想写信，没有时间写，这才说起的。我说有一个多月我没有给我爱人写信了，他写封信一页完了，我不行，总想多说一些，所以也费一些时间。以后不能这样，要根据情况常通信，免得使你着急，以后也可以三言两语地给你写信。

　　你近来做些什么，教学制度通过这次大革命要彻底改革，你们听了一些报告没有？这是新鲜事物，要好好地学习，不然咱们真有点跟不上。旧的教学方法不行了，教课与备课等等一系列整改，要努力学

197

习，这一切都需要学习。

小乖送托儿所去了没有！你利用假期给孩子看病这样做，我非常同意和高兴，你想的真周到，等我回去时小乖一定又结实又壮。虹虹今年能上学吗？希望她能上学，是不是从幼儿园回到家了？如果退了幼儿园，是不是你和她讲，叫她住在北房子里，使她习惯住在那间房子里，上了学也就很自然地住那个房子了。现在趁天热，可以两个房门不关，好照顾。天冷后，她也习惯了，也大了。不能写了，又打钟了，以后再抽时间再给你写。

你回信仍可以写崔家头那个地址。经常有人可以给捎来。

代问：

爸、妈、小姨好！

你的骏伟

8月10日

198

1966年8月30日

依敏：

　　你好，你的两封来信全收到了。寄的书也接到了，勿念。特别令人高兴的是看到了那张宝宝的照片，这是我没有预料到的事，所以特别兴奋。我把这张照片夹在主席语录的后面，抽空就可以看。那些照片寄来的时间真适时，但是遗憾的是其中没有你，实在有点想你们了。有的人还以为小妹是你呢，他们这样说并不奇怪，我已作了说明。这张照片我知道这是小妹洗的样板，这张像片洗得过了点，因此发黑，所以看起来有些吃力。尽管如此，每次看，我都是情不自尽地发出笑声，也很愿意让人看我们的这两个宝宝。虹虹那个胖劲，还有点神气儿，真是了不得，看来长大要严加教育，否则真有资产阶级的味道，十足的城市孩

子气。小乖就不一样，朴素、厚道、还有点不好意思的样子，手捂着嘴在笑，和姐姐不同。从相片上看两个乖都胖了，结实了，所以特别高兴。

你们开学了没有？什么时候开学？在教改方面有哪些经验和创举，来信可以介绍一下（不一定过长，关键性的方法）。

北京文化大革命特别是红卫兵，破旧立新搞得轰轰烈烈，我在广播里、报纸上看到和听到一些，同房子的老常（我团拉小提琴的常健）他爱人来信说了一些情况，真叫人兴奋。这次无产阶级文化大革命真是深入、伟大，破除一切旧文化、旧思想、旧风俗、旧习惯。红卫兵检查，剪辫子，改商店的牌子，烧黄色书信画。说到这儿，你可以在咱家检查一下，特别是墙挂的那张齐白石的画。我看应该摘下，换成别的，咱们屋应挂张毛主席最新在天安门接见红卫兵的近照，各报纸都刊登的有，可以剪一些，放在镜框内挂上。

200

另外，咱们的五屉柜里，放枕头套的那个盒子里，有两个红色纸包，这是咱们结婚时妈送给的纪念品，我的意思想，将这东西加工成一件物品或换成品，加工勺或者是筷子，或是去换成现成的勺，问一下是否可以做两个勺，问的地点是反修路的十字路口（原来是市场北门那里）有个首饰店。

我们这里教师学习会原定计划明日（十一日）结束，现在运动发展极为激烈，斗争非常复杂、尖锐，教师们纷纷表示坚决斗争到底，揪不出黑帮的这条黑线不走，看来可能延长，也许中间被人卡住而放过。问题极复杂，信上很难说清，不废时间，真相虽不太明，但肯定这里有问题。发生后，必然有流血，这个大头目也被揪出，是个大坏蛋。但又不能分割去看只是他，必然有上面的和下面的，手段极为毒辣，令人恨之入骨。

教师会由他们自己掌握，我们有军队的文化大革命条例，不参与他们的行动，但是我们坚决支持革

命的师生的革命行动,这是义不容辞的责任。

从这次文化大革命来看,主席真是英明伟大,不这样,真是要出修正主义,就会变颜色。我们全体,全国革命人民,特别是红卫兵都同声高呼,保卫党中央,保卫毛主席。而陕西,西安都有人高喊,保卫省委,保卫西北局。宝鸡有的叫喊保卫宝鸡市委,更奇怪的是千阳的社教分团里的头目叫他的人保卫总分团,这都是些什么口号,令人气愤。我们只高呼,保卫党中央,保卫毛主席,其他保卫哪里都是错误的。不谈了,太气人了。

从来信中知道,妈能到咱家,而且自己上的楼。这个消息也是叫人高兴的事,说明妈的病比以前有好转,而不是和以前一样。请转告妈,应当更好地、安心地养病。这本身就证明是好转,我应该向她老人家祝贺,但还要注意,否则对病不利。

小乖的肚子贴膏药的问题,为此事我也有点着急。北京的天气比我们这里热,热天贴张膏药,我怕孩子的肚子长疿子，再抹疿毒可不是小事。本当早些写信，因斗争激烈无时去写，现在贴的时间已到了吧。要检查检查，从照片看小乘是结实了。有事多和孩子们商量，不要吓唬他们。这也是需要改革的。

车子问题你和爸爸商量。能卖就卖，不能卖留着再骑一年也可以。再说今后我们下部队的时间要加多了，平常有个车骑就行了。你不是说你在家可以作主呀，哈哈……是的，你应当做主，而且做主人做得挺好。我很敬佩，也很辛苦，表示慰问。

天气逐渐凉了，该给孩子们准备衣服了。你的棉裤、军衣、棉上衣，都需着手准备拿到外面加工，我很同意你的意见，该买的买，该做的做，虹虹今年在家了，问题不大，小乘在托儿所，衣物应齐备。

虹虹今年能上学吗？报了名没有？这孩子确实得注意教育，将来能成为德才兼备的学生。要说服教育，等我回去后咱们可以将屋子调一下，让虹虹睡在南屋，咱们住北屋，孩子在屋子里做功课不冷。

小妹近来怎么样?学习还好吧?通过文化大革命对她也是一份很好的教育,来信可谈谈。

郝队长出院了没有?最近怎么样?

钟声打了,不写了。

我们公社的名字改了,你寄到公社我也可以收到。

那三张连着的照片,有洗的清楚的,最好再寄一份,连在一齐挺好。可以夹在本里,可以不裁开。

代问

爸爸、妈妈、小妹好,就说我身体很结实,就是稍瘦了点了,是比原来,但还在一百二十左右。

你的名字是否改一下,把依字去掉,哈哈,只是商量。

骏伟

8月30日下午

毛主席接见红卫兵

1966年9月6日

依敏:

　　来信已收到,勿念(八月廿六日的来信)!

　　近来忙吗?你们是否开学了?通过这次文化大革命,我们的思想确实不如小将们那么敢想、敢干、敢说,对我们确实是一场生动的活的教育。你在首都体会得会比我更直接、更深刻。今后定要努力学习毛主席的著作,特别是教育者,应首先受到教育,用主席思想去教育培养下一代。备课就要打破以往的老框框了,一定要选思想、政治内容好的去教,不一定要依次去每课教这一课的内容,去选主席语录,一定要把毛泽东思想在后一代的头脑里生根,这就需要我们学在前头,多用语录教学生。农材学校是语录进课堂,选用主席著作教学生,将课文(毛选)编成通俗的故事,看来这是对的。

　　我们于九月一日离开中学返回公社，这一段的生活够紧张复杂的。文化大革命中间出现的事情确实令人气愤,回去以后再详谈。我们这些教师表现得还不错,因为当时情况复杂,命令我们部队的同志暂时撤出。虽然就要结束了,但那些老师一听我们要撤出,看来有些泄气,有的同志还掉了眼泪,一方面说明他们学习得还不够,需要出主意的人,人一走就好像没有主心骨了。另一方面,也说明他们与咱们已建立了深厚的感情。从这件事看前者是主要的,所以今后还得加强他们的毛著学习。只有用主席思想武装了头脑,这事就能分析对待,不怕牛鬼蛇神的反扑。

　　关于信中所说缝纫机的问题。原先是害怕长期不用放在仓库(原来要放在排演场地下室)怕机器生锈,故对老慧说。不然放在我家,也可以用用。再则可以常擦擦, 这是为了使公物不受损失, 再则公私兼顾。你考虑一下如果没有什么需要扎的东西,可以告

诉付冬佩(小日本)或老余、大邵,请他们将缝纫机搬到本院新仓库里。但在搬之前一定擦擦锈,上点油。如果还需要,没关系,这是合法的。你自己可以处理,可以将情况给他们讲清,要用或不用,都应保护好公物。

小乖和大乖近来如何,虹虹是否可以上学?

据说我们的社教工作将在十一月中旬结束。

近来校长、工作队本身进行文化大革命,教师们准备八号休息一下,十五号开学。

我的身体很好,勿念。你也要注意身体,一个人在家够辛苦的,要特别注意身体,注意小乖们的健康和安全。

下次再谈。问爸爸妈妈、小妹他们好!

骏伟

9月6日

208

1966年

1966年9月26日

依敏：

　　你好！好久没有见到你的来信啦，是家里发生了什么事情？还是近来因为较忙？不知什么原因，使我非常惦念，这确实是我经常考虑的事。

　　九月六日给你写的信你收到了没有？我经常东奔西跑地搞外调工作，所以给你写信的时间少些。这种情况前几次已给说了这个原因。就以这次程果中回京的事说吧。我原先不知他回去，是在县里碰见他才知他回京，本应托他捎封家书，可是他走得急，我们大街上相遇，只有请他捎个口信，回去后看看小乖。这里也没有什么可买，再则时间确实仓促。

　　北京近来文化大革命有何情况，你们开展了没有？有什么情况你尽管给我说，我不会受什么影响，

209

不来信反而使我放心不下。

我们的工作还有一段时间，预定十一月中旬可以结束，也就是说还有一个多月的工夫。

给你的信我担心你没有收到，据说有的信没有收到。

你们开学了没有？要按照以往的教学法恐怕行不通了，这就需要学习，以毛泽东思想为统帅，以主席著作为基本教材，这就要求我们更好地、更加努力地学习毛著，小学要以主席语录为基本教材，打破以前的旧框框，用主席的思想、主席的语言进课堂。我们这里的教师目前正展开讨论如何打破旧框框，如何同社员结合，把学校办成毛泽东思想的大学校，进行一系列的争论，看你们有什么好经验可来信一说。现在还没有开学，准备十一之后，秋收之后正式开学，边教边改，从实践中取得经验教训，农村学校目前情况就是这样。

家里的人都好吗？看来这场触及人们灵魂深处的

大革命，我们一些旧思想，非常急需改造。用主席思想武装头脑，才能适应革命的需要。小妹的工作问题及一些其他事情，近来有什么变化？据听说我团特别是舞美队搞得轰轰烈烈，变化极大，你知道多少，说多少，不知道的话也不要去打听，就你所知的告诉我点。

想谈的事很多，因为很久没有接到你的来信，心里又有些乱，不知该谈什么啦，所以随便地写了这封信。程果中现在可能已动身返回千阳了。如果他已走，你就给我汇卅元，因为钱不够用。在县上还丢了两块钱，并不等着用，可在你有时间时到邮局给我汇。听说北京新产的一种布，每尺收三寸布票，有五角多、八角多一尺，可做被里。虹虹以前有个二大的棉絮，可给小乘做上。这种布下水后缩水很厉害，你可以计划一下买不买，相信你现在管理家事比我强了。孩子的衣服还有什么问题没有？应该早准备，你的衣服也是如此。

上次写信我所带的东西，我也告诉了程果中，当

然再提也无济于事了,老程也出发了,我不打算带棉鞋和棉背心了,带来也就算了。

要给我来信,你要知道,特别是快要结束工作的时候,是最惦记你们的时候。你没有这种体会,但总会想,我快回来了,也有盼快点回来的念头是一样的,所以很想听到你的音信。

就这样吧。下次再写。

十月一日快到了,你又要带着两个宝宝到娘娘家去了,看礼花了。节日人多,注意安全,注意有坏人,注意东西,当然最主要的是千万注意安全!

转告:

爸爸妈妈,就说我的身体很好,叫妈注意身体!安心修养!

告诉小妹要努力学习,特别是对毛著的学习要抓紧。别不多谈。

骏伟

9月26日晚

1966年10月12日

依敏：

你好，托程果中带的信、小乖的照片及捎的东西全都收到了。汇来的十元也于昨天下午收到了，勿念。

程果中是九月十日到的千阳，他和我不在一个地方，虽然都是一个公社。他在大队里，我在机关里，相距得还挺远。当听说他从北京回来的消息后，我就想："依敏这次能给带什么来呢？有信这一点是肯定的。"但我没有想到会带来令人兴奋、高兴得叫人闭不上嘴的好事，儿子的照片。当我拿着那封硬硬的信封时，只是想到这准是相片，大概是虹虹的那次寄来的照片。打开一看，哎呀呀，再加上那封信后，这比吃什么好吃的都解馋，看个没够，特别是小乖，比以前确实又结实，又灵了。如果说咱们虹虹会照相、上相，

213

我看咱们的儿子小乖也很上相，关键问题是咱们的儿子、女儿本来就美。儿子也没有穿什么好的衣服，也没有打扮，照出相来不是很美而且大方吗？有人说"咱们骄傲"，笑话！带来的照片别人也争着看，没有不赞扬说孩子们漂亮、可爱、心疼，像画上的那样。特别是对我们一儿一女称赞，如果那些人听了这些赞美，不就该气死了吗。简直是可笑，蠢东西。

东西全部收到，你想得太周到了。有的东西也确实用不着。同志们也说你真疼我，怕我冻着。说实在的，东西来的真是时候。大衣如果没来，晚上简直冻得没法睡，我的那床被子太薄了，当初也没有想到这里这么冷，也没有想到会搞这么长时间。大衣、背心、棉裤、袜子两双、搽脸油，一个大包袱全收到了，没问题，我的那盒面油还有呢，袜子都没有怎么穿。

北京的情况大致的了解一些，知道你们很长义果，迎送各地的红卫兵确实长得够呛。我们公社的农中(也归我们负责)现在正在学习，选学生代表，准备赴京参观、学习,我们这儿选六名学生,一名教师。据说是十月底集中,为宝鸡地区、山区的第一批,她们简直没有想到有这么一件光荣的事,能到北京,连想都没敢想过,现在正在学习讨论。

我们的工作一直较长,我是搞学校工作的。文化大革命、四清,有很大的工作量,前两天又发现一个新的问题,又得调查材料,总之还有许多工作,原来说十一月中旬,看来十一月中旬并不一定能回到北京,最多中旬告一段落。依敏,先别想具体的日期,那样会使人到时失望。往长里去想,可能会觉得短。据我看,十一月底准能回京,这也只是估计。领导还未具体地说,再加上这个地区情况比较复杂,对解放军有种不怀好意的人,在最后可能找些碴,给我们添麻烦,我们也有这种思想准备,回去后再详细给你说。

钱是接到了,十元够是够,原来想多寄几块钱,回去时到宝鸡如果有什么东西可以捎点。"艸"这个字不认识,真有点……哎,目前我零用还是够的,再过

215

些时再汇也可，不汇也可，不是非常需要，不要着急。

北京近来是不是已经冷了？你们的衣服都准备齐了吗？特别小乖的衣服应准备得齐全些，孩子住的那个地方靠河边，气候比较冷。虹虹大了，会说冷热了。说到这里我又想起了那时虹虹在托儿所，孩子冻得一个手插在裤腰那里，一手插在棉袄的斜襟里，那个样子立即会出现在我的眼前，所以每次都强调孩子们的衣服问题。

关于小妹，我知道她很聪明，也知道她学习比较刻苦，和目前的处境，听了不正确的意见之后，不要往心里去就是了。但是有的意见也需虚心地去听，要在运动中受到教育和提高，这也是有益而无害的。一定要抓紧时间学习毛著，应当认清形势，不学习，不掌握毛泽东思想就要犯错误。

我们这里的学校已开学了，有些课程合并，有的名称变了，教材以老三篇①、主席语录为主，特别是五年级原来的语文，70%的课文不能用，所以这里的老师不准备上旧课本，以主席著作为基本教材，搞了些方案，以后你们也可参考或提出意见，供他们再改进。

最近总是下雨，所以信可能走得慢些，明天要去外调，所以今晚抓了点时间，写得很无头绪，因为最近都挺长的，我不能待在那儿给家里写信，有点不像话，谅解。

车子卖了多少钱？你不是说下次来信告诉我吗？小妹洗的照片技术不错，这孩子是很灵的，像是谁照的，不是小妹，就是乖的舅对吗？他的宝贝有照片吗？像谁呀？算了，下次再说吧，祝你愉快，注意身体！

骏伟

10月12日晚

---

① "老三篇"*是毛泽东写的三篇短文，即《为人民服务》《愚公移山》《纪念白求恩》。

* 老三篇胸章

1966年10月20日

依敏：

你好！我刚下了火车，就在车站的邮局写了这封信。这次外调工作跑得真不近，距离千阳时快两千公里了，你没有想到这封信是在安徽蚌埠给你写的吧？连我自己也没有想到这次社教能跑这么远。

临出发前领导这样告诉我，任务紧，要抓紧时间，问好路线，快把调查资料搞回来，千万不要回北京。即便是不告诉，我也决不能犯这种错误。因为到蚌埠也可由北京转车，也可以从别的地方转车。当然由北京转是多走一些路，再说我们也快结束工作了，难道再等一些时候就等不住了吗？你说对吗，依敏？可是我在火车里倒也这样想过："如果在我回去的前一天给你打个电报，让你到郑州，咱们可以会会面。"

又想，最近车票非常不好买，同时也受罪，还是以后回京再好好团聚吧！最近车上人多极了，有好多人都是站着，真是水泄不通，竟多是红卫兵到各地串联①的。从来没有这么多人，这趟出差也够受罪的。按路程应该睡卧铺的，可是由于车辆紧张连卧铺全不办理了，说具体些，如果能有个坐的地方就够满足的了。

你可能已经听说了，我们回去的时间又推迟了。上次写信已告诉你，不要抱着早回来的希望，什么时候说上车了，才能肯定。这种情况你会知道的，就目前传达说，11月底搞完，12月搞一些告别演出，12月中回家。你要记住十一月份的日期，要记准，一定呀！

最近我们那里一个姓余的，叫余方仲，是乐队的，他因弟病危请假回来，我托他到咱家要20元带

---

① "大串联"是"文革"时期的特殊历史现象，在1966年底结束。为在全国发动"文革"运动而采取的一种特殊人员交流方式，初多为北京一些高校学生使用，为了造党委的反，打破班级、年级、校系的界限，商议共同采取某些行动，这种方法叫作"串联"。后发展到学校停课，工厂停产，打破省市界线，搞起了全国性质的"大串联"。

来，也省得你再去邮局麻烦了。

你不要往蚌埠回信了！我再次住两三天，接到信后，回信仍寄千阳，或机关工作组都可。

行了这里写信也不方便，不多写了。我到蚌埠的事可告诉妈，说我的身体挺好的，请她放心，也请她注意身体。

问爸，小妹好！

骏伟

10月20日于蚌埠

1966年10月21日

依敏:

　　昨天匆匆忙忙地在蚌埠车站给你写了封信,今天我即要离开了蚌埠,准备在西安停留最多两天,即返回千阳。

　　你近来的身体好吧,每天够紧张的,要注意休息,也要注意抓紧时间学习。现在的形势你在北京会比我看、体会得更具体、更深刻,办一切事,不用毛泽东思想为指针,工作就犯错误,就行不通。教育工作更是重要,首先要用主席思想改造我们自己,先当群众的学生,然后再当先生,要改变一切不符合主席教导的旧的东西。教育要改革,首先要改革自己的思想方法,才有可能改变工作方法。以前的教学老一套不灵了,必须按照主席教导的学制要改革,师生关系要

222

改变等事情都要改。我们社教期间,学校的教师在这方面组织了学习,座谈,进行鸣放辩论①,大破大立,制定了简单的方案,进行试验。通过实践再进一步地充实和提高,一些课程缩短了,有的合并了,有的要走出课堂到田间车间进行实际的教育。与三大革命②斗争结合起来对学生进行教育。

你们学校最近正是忙于接待外地革命师生吗?组织学习讨论教改的问题没有?如果需要的话,我回去后,可以将我们学校教师订的草案给你寄来一份作参考,在讨论时供参考。

孩子们最近如何?我也是很想他们了。这次外出我身上就带着他们的大照片呢。他们也一定很想我了,特别是虹虹,一定爱说,我爸爸怎么还不回来?小乖也会随着姐姐的话说找爸爸去,到车站接爸爸去

_____

① 兴起于1957年的整风和反右倾运动中,在"文化大革命"中泛滥,并被写入宪法,1980年被废除,即"大鸣、大放、大辩论、大字报"。

② 三大革命是指1966—1976年"文化大革命"期间的宣传的"阶级斗争""生产斗争""科学试验"三大革命运动。

是吗？告诉他们，爸爸再有一个多月就回来了，给虹虹讲清社教的意义及重要性，使孩子从小就有阶级斗争的观念。对孩子如何教育的问题，咱们也得学习，否则咱们的孩子知道得少，跟不上形势。

在火车上碰有教师(小学的)也出来到各地参观、串联，你们有这项活动吗？有这个打算没有？能够出来到各地看看学习，机会是个好机会，如果有到外地参观学习的机会，但愿你的外出放在明年。

北京的文化大革命仍搞得轰轰烈烈的吧，我们在这个偏僻的山区，简直听不到什么北京的情况，主要是谁也不讲，大致的，一点一滴的也听到的，一星半点的。

家里(咱家)又怎样整理的？草垫子铺上没有？有些破烂儿该处理就处理，破旧的鞋该送给城里同院西屋的人就送给，还有咱们以前的信，该烧的就烧掉算了，留它干什么！存着总占地方，我抽屉里的那些骏逸、惠月的回信，该烧的都烧掉，没有什么用处。

224

你将我染的那套呢服，拆个缝看看，缝里染得好不好，是否全染上颜色了，如果全染得好，不漏黄色，就拿去让裁缝铺折了之后，放宽，现在穿着不是紧吗？如果没时间，等我回去后再叫人家做。尺寸问题可按我的那条哔叽①裤子比较肥大些，长短差不多。如果没有时间，你又比较长就算了，我回去也穿不着，就等我回去以后再做。你们的衣服准备齐了没有？要抓紧时间准备，特别是孩子们的，这一切都得长你一个人，我知道你是很辛苦的，回去后对你表示慰劳。

　　小妹的工作问题现在是如何解决的，你以前来信曾谈过，说小妹的工资九月以后要增加。目前的情况如何？和郝队长说过没有？目前搞文化大革命她也比较长，私人的问题先别去纠缠她，现在小妹学习情况如何？对小妹的问题也确实为她着急。主要是年龄一年年地大起来，是值得我们着急和关心的问题。

---

　　① 哔叽为一种面料，英文"beige"的谐音，用精梳毛纱织制的一种斜纹毛织物，哔叽呢现多为正装西服用料。

我现在就要动身到火车站去买票,动身出发。

你写回信,我回去后可以接到,在外面这几天是见不到的。回信写原地址。

那个姓余的同志到家里去了吗?我告诉他说,如果去时你不在,请他先向别的同志借,等你回家后,再还那个给钱的同志,就这些事,回到公社我再给你写信。

祝你愉快,身体健康!

(回信:千万不要写我寄信的这些地址,我只停一两天即走,是收不到的)

骏伟

10月21日

后　记

后记

　　这是一套"编"的书,但"编"却不易,所以要写个后记,为我能"编"此类书而表达谢意。

　　我要感谢复旦大学的校领导,2011年10月8日,正是校领导的直接支持,我才有机会成立复旦发展研究院当代中国社会生活资料中心,启动搜集中国民间资料。感谢复旦发展研究院的领导与工作人员,他们一直全力支持中心的资料搜集工作。感谢复旦文科科研处在我缺少经费的时候,总是千方百计提供及时的帮助,确保书信的搜集一直没有中断。

　　我要感谢中国哲学社会科学基金会,他们为我的资料搜集工作立了2012年的国家重大项目(项目名"当代苏浙赣黔农村基层档案的搜集、整理与出版",批准号12&ZD147)。本丛书的出版是该项目的中期成果。

　　我要感谢上海斯加自动控制有限公司石言强先生与北京退休老干部蔡援朝先生,他们为资料中心打开了书信搜集的渠道。

　　我要感谢美国加利福尼亚大学洛杉矶分校人类学教授阎云翔先生,感谢他负责组建的国际学术委员会,国际一流学者

227

粉红色的爱：浪漫

的参与将有利于书信的研究与解读。

我要感谢资料中心研究员李甜老师，他一手负责了书信搜集的具体工作，感谢我的博士生陆洋、郑莉敏，她们为书信搜集做了很多工作。感谢来自现哈佛大学博士生朱筠，她是最早的书信整理志愿者，这里出版的部分书信就是她输入的。感谢所有来自美国、中国的书信研究的志愿者们，你们的热情总是给我以动力。感谢上海著名的知识产权律师为资料中心提供的律师文件，为家书出版提供了法律支持。

我要感谢天津人民出版社的社长黄沛先生、副总编辑王康女士，感谢本书的责任编辑郑玥、特约编辑王琤，你们辛苦了！

最后我想说，这套书出版了，复旦发展研究院当代中国社会生活资料中心以及所有人这几年的努力都值了，因为这套书表达了我们的一个心愿：我们所做的一切，都只是为了那"永不消逝的爱"！

张乐天

2016年12月10日于沪